DEC 16

MW00463674

DEC 1 1930

# FUGAS

colección andanzas

# WILLIAM NAVARRETE
# FUGAS

© 2014, William Navarrete

Ilustración de la cubierta: «Ácana», serie *Los Ingenios* (2004). © Atelier Morales
(Juan Luis Morales y Teresa Ayuso)
Diseño de la colección: Guillemot-Navares
Reservados todos los derechos de esta edición para:
© 2013, Tusquets Editores México, S.A. de C.V.
Avenida Presidente Masarik núm. 111, 2o. piso
Colonia Chapultepec Morales
C.P. 11570, México, D.F.
www.tusquetseditores.com

1.ª edición: febrero de 2014

ISBN: 978-607-421-517-5

No se permite la reproducción total o parcial de este libro ni su incorporación a un
sistema informático, ni su transmisión en cualquier forma o por cualquier medio, sea
este electrónico, mecánico, por fotocopia, por grabación u otros métodos, sin el permiso previo y por escrito de los titulares del *copyright*.
La infracción de los derechos mencionados puede ser constitutiva de delito contra la
propiedad intelectual (Arts. 229 y siguientes de la Ley Federal de Derechos de Autor
y Arts. 424 y siguientes del Código Penal).

Impreso en los talleres de Litográfica Ingramex, S.A. de C.V.
Centeno núm. 162, colonia Granjas Esmeralda, México, D.F.
Impreso y hecho en México – *Printed and made in Mexico*

Para mis abuelos
Gerardo Joaquín y Juana Rosalía

Nunca he sabido para qué sirve la escritura y soy un inocente.
No sé escribir, mi alma no sabe otra cosa que estar viva.
Va y viene entre los hombres respirando y existiendo.
Voy y vengo entre los hombres y represento seriamente el papel
que ellos quieren:
Ignorante, orador, astrónomo, jardinero.

Gastón Baquero,
*Palabras escritas en la arena por un inocente*


*Ce n'est pas le paradis qui est perdu, c'est le temps avec ses révolutions.* *

J.M.G. Le Clézio, *Révolutions*


* No es tanto el paraíso lo perdido, sino el tiempo con sus revoluciones. *(T. del A.)*

## I

La corneta china iba delante. Sonaba más que el resto de los instrumentos. La tocaba un negro de potentes brazos que soplaba y soplaba con sus cachetes a punto de estallar. Iba de rojo de los pies a la cabeza, enfundado en unos pantalones pescadores con flecos que colgaban hasta la mitad de sus pantorrillas y que oscilaban al compás de la música como si quisieran revelar una fuerza secreta o el instinto ancestral que justificaba aquel desenfreno. Parecía una estatua de ébano torneado. Los corifeos le seguían detrás. Era el rey de la conga. Yo sólo tenía ojos para el objeto brillante que con arrogancia exhibía.

Solía pararme en la baranda del portal, agarrado de uno de los postes de madera que sujetaban el techo. Intentaba no resbalar y me esforzaba en mantener mi equilibrio precario. Así me quedaba horas embelesado, detallando todo lo que ocurría en la calle, repasando uno por uno los rostros de cuantos se inmiscuían en el ajetreo de la conga a lo largo y ancho de la avenida principal.

Como un barco encallado desde tiempos remotos, en el centro del pueblo y sobre esa misma avenida, se hallaba la vetusta casona de los abuelos. Nadie estaba seguro del momento exacto en que había sido construida, sólo se podía asegurar que su viejo carapacho de maderas de perfumes extinguidos había sobrevivido a varias crisis y a no pocas revoluciones.

A lo largo de la baranda Jo había colocado un listón muy fino. Tres aristas repelían, gracias al afilado borde, a quienes trataban de sentarse en el muro que servía de frontera entre nuestro portal y la acera. Se obsesionaba el abuelo con que nadie se sentase en lo que para él representaba el último indicio de que alguna vez existió algo llamado propiedad privada. Algo tangible que nos pertenecía y que no teníamos que compartir con nadie si no lo deseábamos. Algo que ya no podían arrebatarnos.

La barahúnda se agitaba, yo tanteaba con la planta de mi pie derecho el filo del listón. Me afincaba sobre la parte puntiaguda, presionando el sitio en que debía, como todo el mundo, tener un arco. Como mis pies eran planos creía corregir así mi defecto congénito, fútil esfuerzo con esperanzas cifradas en no tener que llevar más nunca las feas y toscas botas ortopédicas que la gente llamaba burlonamente, y con razón, «va-que-te-tumbo». Los infelices que calzábamos esos adefesios andábamos como animales cansados, predestinados a no esperar nada bueno de la vida. Con aquel horror en los pies no había manera de acomodar el paso a cierta elegancia en el andar. Me encomendaba entonces a san Servando, según mi bisabuela muy milagroso en materia de piernas. Si el santo intercedía por los otros por qué no iba a hacerlo también por mí.

A mis espaldas, oscilando a un ritmo regular, doña Paca se daba balance lentamente, sentada en el mismo mueble de pajilla de siempre, fabricado en la carpintería del abuelo con el esmero de los ebanistas de antaño. Vestía una bata estampada, una capa de talco le embadurnaba de un motazo cuello y pómulos, el cabello teñido con violeta de genciana que diluía en el agua del enjuague después de su lavado. Lo miraba todo desde el portal y nunca faltaba a la cita con el cielo mandarina crepuscular cuando el sol comenzaba a retirarse detrás de las lomas de Veguitas. De ninguna manera se perdería a los que arrollaban en la conga, a los cientos de bailadores precipitándose en ese instante detrás del negro.

«Mañana tampoco lloverá», dijo para sus adentros indicando con el mentón las vetas violáceas que dejaban las nubes en el cielo, pronóstico de un cielo despejado.

Ambos detallábamos la conga, ella fingiendo no prestarle mucha atención aunque un brillito en su mirada delatara lo mucho que le gustaba aquel barullo. No detenía la vista en ella, sino que pestañeaba mirándolo todo de refilón y, justo en ese momento, daba la impresión de haber cobrado conciencia de que a su avanzada edad no era de buen gusto asombrarse por algo como aquello. Cambiaba enseguida la vista y, ensimismada, volvía a las ausencias de su vida, como si atrapara recuerdos que perdían nitidez al cruzar como nubes pasajeras por su memoria.

En casa era la única que salía al corredor, esa antesala exterior que en otras regiones de la isla se llamaba simplemente portal y que en los pueblos de la provincia de Oriente evocaba el sitio por donde, antes de que los vecinos cercaran sus espacios, se podía recorrer las manzanas guareciéndose de la inclemencia del clima. Respondía a quienes la saludaban al pasar, sin distinción de edad, raza o procedencia, asintiendo con un gesto delicado, sabor a ademanes antiguos. Cabeceaba un poco. Se quedaba luego medio adormilada, nunca más de dos o tres minutos. A abuela —quien era más bien la abuela de mi padre— la llamaban doña Paca, y ese «doña» sonaba a prehistoria, a algo excepcional, completamente en desuso. En los tiempos que se vivía ni siquiera a las mujeres se les trataba ya de señoras, por simple temor a que una deferencia de ese tipo denotara cierto apego a la decadencia burguesa vencida por la nueva sociedad. Como «doña» recordaba más un culebrón televisivo, una de esas novelas ambientadas en el siglo XIX, que otra cosa, se volvía voz inofensiva en medio de tantos temores. Nada malo podía significar lo que carecía de testigos porque el tiempo de abuela Paca, la época en que se fundó el pueblo, aquellos años oscuros de la independencia a punto de ganarse, de las ilusiones en la República y del ideal de prosperidad y nuevos horizontes cundiendo en la mente de todos, era un tiempo ido y vencido.

Indiferente a conjeturas o suposiciones como estas, abuela Paca daba un abanicazo en el aire, devolviendo con elegancia el saludo, abriendo en mi imaginación una contradanza de salón, los miriñaques rozando las paredes, las calesas llevando y trayendo invitados, las mantillas de Manila y peinetas cortando el aire, todo en movimiento, al mismo ritmo que las conversaciones apagándose bajo el sonido cadencioso de la orquesta disimulada por una mampara. Ladeaba la cabeza como dispuesta a aceptar un minué, quitaba despacio la vista de la persona a quien respondía el saludo y retomaba el hilo interrumpido de sus recuerdos.

A pesar del ruido de la conga yo permanecía alerta. Aguzaba el oído cuando la Paca empezaba a contar retazos de su vida, mascullando nombres de parientes desconocidos en un interminable monólogo sobre los casi noventa años de su larga existencia.

«Balance de cada tarde, balance hacia alante, balance hacia atrás. Así ha sido mi vida. Retazos de hechos que no importan ya a nadie, menos a quienes rehúsan la verdad. Así es mi espera. Vana. Inútil. ¿Esperanzas de volver a verlos? ¡Cero! ¡Ninguna! Tanto he esperado que es mejor que ni vuelvan. Sobre todo Ramón. ¡Ese sí que no tendría valor para aguantarme la mirada, ni yo deseos de que me la aguante! Llegué a este pueblo —y nadie mejor que Ramón lo sabe—, cuando esta misma calle era un camino de polvo durante la seca, de lodo que nos llegaba al cuello apenas comenzaba la estación de lluvias. Yo de diez años en brazos del esclavo Toño, el que nunca nos abandonó, el que prefirió quedarse con abuela Ma' de los Ángeles a pesar de haberse decretado la abolición. A este pueblo, o a lo que iba a ser pues entonces no era más que unas casuchas de madera que llamaban La Ensenada y una finca en donde los Dumois sudaban la gota gorda sacándole a la tierra inculta unos pocos racimos de plátanos, llegamos huyendo del inminente bombardeo de Santiago de Cuba por los americanos. Atrás dejábamos nuestra finca, la de los Cabrera y Céspedes, en San Luis, los campos arruinados por años de guerra contra España, un conflicto alentado —decían los hombres— en aras de una independencia que nunca entendí en qué beneficiaría a las mujeres. Mamá Berna venía hecha un manojo de nervios, sólo atinaba a llorar. En cambio, abuela Ma' de los Ángeles se movía con paso de mayorala, como corresponde, decía, a una genuina descendiente del ilustre Pedro Batista-Bello y Garcés, aquel bisabuelo de ella que había ofrendado su vida luchando contra los ingleses cuando quisieron desembarcar y apropiarse de la costa norte de Holguín. Era ella quien guiaba nuestra marcha, la que mandaba, la que regalaba monedas entre los insurrectos y les ofrecía condumios salidos de nuestras alforjas para que no comieran más grullas ni mabinga. Huyendo todas nosotras, las mujeres de la familia, huyendo siempre de las pretensiones de los hombres, de los deseos de quitar a unos del poder para poner a otros o ponerse ellos mismos. Mujeres que no parábamos, ni paramos, de reconstruir nuestros hogares por culpa de ellos, tan hábiles cuando disfrazan sus delirios de grandeza con hermosos ideales y palabras, tan dados a espantarse los demonios inventando fábulas y ensueños. Y luego... aquella boda. La mía. La de una veinteañera crédula, inexperta, feliz porque la guerra era asunto del pasado, y porque al fin nuestra

República iba a emprender un largo viaje sobre rieles derechos.»

—¿Quieres estar más tiempo en la baranda, Orlandito? Fíjate que dentro de poco habrá que entrar los muebles, desenganchar la aldaba, y me darás la mano para bajar el escalón... A esta hora estoy que no veo nada.

Desenganchar la aldaba significa entrar al refugio de los aguafiestas, enfrentarme al resto de la casa. La primera de todos, mi tía mojigata, la que invocaba a san Pedro cien veces al día diciendo que ese desgraciado no tenía ni pizca de vergüenza.

«¿A ver, por qué no abres so maldito de una vez, con la llave que dices tener, el regadío del cielo? ¡Óyeme bien, san Pedro degenerado, tú sabes que sólo un buen chaparrón espantará a esta gentuza! ¡Maldiiitos!», y gritaba prolongando la i, desde el patio de la casa, lo más alejada posible del ruido de la calle. Hasta cuando se metía debajo del mosquitero que la protegía contra las temibles cucarachas voladoras, empavesada de pies a cabeza con bálsamo Vaposán, maldecía al carnaval. Era la que más odiaba aquel jolgorio callejero.

El abuelo Jo protestaba más bien por el olor a bálsamo analgésico que le llegaba por oleadas desde el cuarto de su hija. Hojeaba circunspecto el periódico local *Antorcha*, repleto de noticias siempre laudatorias del presente.

«Lo leo porque no hay más nada», se justificaba, y por nada del mundo renunciaba a su vaso de limonada antes de acostarse.

Entonces le tocaba protestar a su esposa, agüe Rosa, que alzaba las manos clamando al cielo mientras escogía el arroz retirando de los granos los machos y las trazas.

«¡Ay, Joaquín, qué manera de extrañar aquel arroz de la marca El Chino! ¿Te acuerdas? ¿Y qué me dices de los de Gloria y el Elefante? ¿Recuerdas cómo se desgranaban en perfecta armonía sin necesidad de expurgarles estas asquerosas trazas que parecen guirnaldas?», pero nadie recordaba esas gramíneas exquisitas, y aunque las recordasen de nada valdría porque de todas formas en la cocina sólo reinaba ella.

«¡Cada vez que te pones a leer ese periodicucho nos mandan un apagón de padre y muy señor mío!», decía sin quitar la vista de los granos de arroz como si les estuviese hablando más bien a ellos. Y el maleficio al parecer funcionaba porque apenas Jo doblaba el periódico nos cortaban la luz.

A agüe Rosa tampoco le gustaba la conga, menos aun el carnaval. Su imperio era el de las cazuelas, los fuegos altos y bajos, los condimentos, las especias aromáticas, decenas de recetas que no necesitaba releer, ardides y mañas que paliaban numerosas carencias. Y fuera de los quehaceres de ese imperio, en el poco tiempo libre que le quedaba, su único pasatiempo era completar los crucigramas que traían las últimas páginas de las revistas. En otro tiempo hubiese sido una mujer capaz de acometer grandes empresas. Culta, sensible, capaz de organizar a una tropa entera si se lo pidieran, administradora hábil de una casa, conocedora de un sinfín de secretos, la vida hubiera podido depararle otro horizonte de no haber nacido en un pueblo recóndito, en la más alejada de todas las provincias de una isla, de por sí ya perdida en medio de la ruta de los huracanes, entre vaivenes políticos, adversidades históricas y calamidades de todo tipo, entre las que no podían faltar brotes de epidemias y enfermedades incurables. Heredera de una sociedad en que mujer rimaba con sumisión, esclava de los hijos, de la cocina, del zurcido y de la crianza, las tareas que ritmaban su vida se heredaban sin cuestionamientos. Así, asumió en silencio su papel, sin que la oyera nunca quejarse ni de un dolor de muelas.

¡Cómo hacían para vivir ajenos a la maravilla del carnaval! ¡Yo que me acostaba tarareando los estribillos contagiosos de la conga! *Para Vigo me voy, mi negra, dime adiós...* ¡Recordando con regocijo cada minuto de aquel delicioso desparpajo! Envidiaba al cornetista, sus piernas sudorosas, la sonrisa destellante de quienes arrollaban detrás de él. La conga arrastraba sartenes que emitían armoniosas notas musicales, cazuelas que servían de instrumentos de percusión, espumaderas en lugar de platillos, cucharones para hacer «bing-bang» que remplazaban al gong, otros para dar porrazos sobre palanganas esmaltadas. Se añadían más utensilios de cocina: tenedores en lugar de claves, jarras de aluminio barato, coladores rezurcidos, tibores, percheros, tubos de metal... ¡Lo inimaginable! ¡Todo lo que sirviera para hacer ruido, para sacar música, lo que fuera por tal de arrollar hasta caer muerto de cansancio y de placer!

El efecto era embriagador. Los músicos improvisados soltaban el sudor como perlas que se desprendían de sus cuerpos, la calle se volvía más rutilante que una quincallería bajo el sol. Y mientras, abuela Paca seguía murmurando sus cosas...

«Pariendo año tras año ocho hijos a un hombre que me miraba con miedo, que empezó a ausentarse cada vez con más frecuencia. Sola con esos ocho vejigos, él en el Norte, cerca de Nueva York, disfrutando de un clima benévolo, donde se curaba, decía, de afecciones pulmonares. Yo viviendo de fotos, él sonriente en el papel entre sus amigotes aquejados del mismo mal, todos pipas en mano, festejando más que conveleciendo. Mount Liberty se llamaba el lugar del sanatorio. Yo aquí, en Banes, provincia de Oriente, Cuba, rezando este rosario que nunca he abandonado, rezándolo por él y por todos. ¡Que regrese, Virgen santa! ¡Que me traiga de vuelta a los dos varones que un buen día se llevó pretextando que allá tendrían educación y mejores horizontes! ¡Que vuelvan todos o que se quede él si quiere, pero que mande a los muchachos, que regresen ya de ese país extraño y frío! ¡Ilusa yo!»

Contaba los minutos en que la orden de la Paca caería como una guillotina. Una vez cerrado el portón de la casa la conga se convertiría en notas distantes. Nada podía igualar el contemplarla en vivo desde mi atalaya. Desde dentro no la podía oler, ni veía el brillo de los instrumentos, de los cueros, el sudor de sus negros y mulatas, los dientes como cocos, las bocas escarranchadas al máximo, lo más abiertas posible, poniendo música a frases picantes, las miradas ardiendo como brasas. El sueño terminaría por vencerme, se quedaría como único testigo del último repiqueteo de las pailas, del momento mágico en que no habría ni rastro de antiguas penas.

La Paca musitando sin parar prolongaba los minutos de embeleso.

«De qué me han valido tantos rezos. Cuarenta años esperé hasta que cayó el telón que alejó a esta isla del mundo, excelente pretexto para que no volvieran aunque nunca hubieran tenido la intención de hacerlo. Veinte años más han transcurrido desde que se suspendieron los viajes entre el mundo de ellos y el nuestro. Cincuenta y cinco años en total desde que Ramón, mi esposo legal, el padre de mis ocho hijos, zarpó, todavía joven, a bordo del vapor *Santa Marta* en su ruta de Santiago a Nueva York, un 20 de septiembre de 1922. Cincuenta y cinco años llevan todos aquí fingiendo que no notan su ausencia, haciéndose los que no saben nada de la existencia de la otra mujer, de la americana. Zorro como no hay dos, incapaz de pedirme durante todo este tiempo el divorcio para no verse obligado a desposarla a ella. ¡Jamás hubo la menor explicación de su parte, ni de la mía la más mínima queja! Ni una sola línea desde entonces. ¡Sólo odiosas cartas en sobres perfumados que llegan del Norte repletas de fotos de mis otros dos hijos, de sus nietos y nueras! Odiosos sobres azules, repletos de fotos, de papel y más papel que no me deja palpar el calor de sus mejillas, ni sentir el palpitar de sus pechos. Ellos del otro lado de la cortina invisible, cortina de agua, quién sabe si de palabras y de sangre también, que me roba a quienes, ajenos a mi vida, tal vez ni recuerden mi existencia. Fotos en las que Ramón aparece muy avejentado, tanto o más que yo, supongo. Más sosegado, eso sí. Con la seguridad que dan el dinero y la libertad. En las últimas aparece sentado como un duque triunfador que posa en medio de unos perros que parecen de caza. Un mundo que me fue vedado, al que nunca me propusieron ir y si lo hicieron, fue de tal modo, que no cabía otra respuesta de mi parte que declinar la invitación.»

Singular conga. O tal vez Conga, con una mayúscula que la engrandezca. Permisiva, dadivosa en licencias, de contentura febril, la que deja atónitos a quienes desconocen todo de ella, tan provocativa que las familias que se autotitulan decentes se sienten en la obligación, más por principios que por deseos, de ignorarla. Conga cargada de estribillos a la moda, resonando en mis oídos el que dice: *tengo una bolita que me sube y que me baja, ay, que me sube, ay, que me baja.* Y aquel otro: *entra barriga, saca barriga.* Cada bailador obedeciendo la orden, poco importa si luciendo ridículo, sin temor a que se burlen de él porque nadie se burlaría de alguien que cree que bailando se llega más rápido al paraíso. No hay burla cuando desaparecen los prejuicios, cuando lo que cuenta es bailar y gozar hasta olvidar el mundo.

La isla ha sido eso, dice siempre con amargura la tía. Una multitud amorfa, emotiva, bulliciosa, dispuesta a bailar por cualquier cosa. A bailar bien, debería añadir, me digo. Cuentan que en otros tiempos los hombres podían vestirse de mujer cuando iban detrás de las comparsas. A esos hombres los llamaban mamarrachos. A nadie le importaba lo que les colgara debajo de sus vestidos. Las parrandas arrasaban con todo, borraban el pasado y del futuro nadie hablaba. Esta isla ha dado mucha cintura, lo ha ido largando todo en el camino, incluso aquello que se adquirió a costa de grandes sacrificios. La gente ha arrollado detrás de los líderes, se han compuesto canciones que endiosaron gestas, que enaltecieron a presidentes vencedores o vituperaron a los vencidos. Lo sueltan todo de tan sólo oír el sonido de una corneta china, se van de pueblo en pueblo aplaudiendo héroes, homenajeando mártires, bailando sobre las tumbas de los derrotados, cagándose en la madre de quien se atreva a cerrarles el paso. Poco importa si después, a fuerza de llorar, la isla se vuelve más isla porque de tanta lágrima le crece más y más el mar que la separa de otras tierras.

Nada es para siempre, dice a menudo mamá: «Disfruta esto ahora porque en la vida todo, tooodo, se acaba». Yo la obedezco. Sobre todo ahora que siento que tengo que mirar muy bien la conga porque algo me dice que nunca más se repetirá este momento. Una negra de las que llaman «color teléfono», flaca, de ojos saltones por el bocio, llevando un bulto de tela en lugar de un bolso, lo que un oriental llamaría jolongo, me ha guiñado el ojo. Entre carcajadas me ha pellizcado en la entrepierna, busca con sus dedos huesudos mis partes íntimas, hunde ahí sus yemas con la delicadeza con que apretaría las mejillas de un bebito. No ha parado de remenearse en lo que agarra su modesto trofeo. La turba la empuja. Me suelta. Parece que el cornetista está perdiendo el liderazgo del cortejo. Nadie parece alarmado. Cantan eufóricos: *uno, dos y tres* —sacan un pie hacia el lado izquierdo—, *qué paso más chévere, qué paso más chévere* —ahora del otro lado—, *el de mi conga es.* Hay un viejo que ha levantado la muleta en que se apoya, teme perderla arrastrada por la marea, a su lado un tipo bastante joven da vueltas sin parar a una farolona azul prusia, una rubia bellísima está sentada en una estera dorada, la transportan cuatro hombres fornidos. Me mareo. Se me cierran los ojos. No quiero que el sueño gane el combate.

El miedo debe ser a la niñez lo que el recuerdo a la edad senil. Me acuesto con miedo, tengo pesadillas que me ponen a temblar dormido. Una mano de muerto me agarrará los pies en el momento de saltar a la cama si me demoro en llegar del interruptor de la luz hasta el colchón. Corro como un demente, vuelo a oscuras huyendo de esa mano, del muerto acechante, escondido debajo de mi cama, y poco me importa que en la carrera reviente el mosquitero y tenga que dormir envuelto en la gasa, incapaz de moverme, por temer a que la mano trepe hasta la cama. Juro haber visto ya ese rostro macabro mientras corro, los ojos en medio del redondel de su cara, sin otros atributos que unas pupilas enormes dando vueltas descontroladas. El muerto gozando abajo, yo temblando arriba, y mi

24

silencio a la par de la enorme vergüenza que sentiría si un día les cuento a los mayores mis desventuras con la noche.

En la habitación de al lado la Paca continúa hablando a solas. Mi madre lleva días buscando unas llaves, dice que recuerda perfectamente haberlas puesto en el cestito de cristal del que nadie se sirve, encima de la vitrina. Desde uno de los altoparlantes de la calle, enganchado en un poste del alumbrado eléctrico, llega una tonada que parece burlarse de ella: *Amalia tiene la llave, pero el Cerro tiene la llave, Amalia está en las nubes, Belén está en su apogeo...* Sigue la Paca con su historia. La oigo porque las cabeceras de nuestras camas están separadas por un tabique de poco espesor.

«¡Qué mundo tan extraño el de Ramón! Es el de otra historia, otra familia, una vida nueva, diferente lengua, costumbres extrañas, maneras de las que aquí no sabemos nada. A mí me toca el silencio, el rezo en casa porque si me muestro mucho en la iglesia perjudico a los míos. El rosario va conmigo a paso lento, de la sala a la cocina, de la cocina a la sala, desgrano sus cuentas por los que vivimos la incertidumbre del mañana, a la espera de nuevas prohibiciones o carencias; por los de allá también, de quienes sólo Dios sabe qué penas les aquejan. Aferrada a estas cuentas, pulidas de manosearlas durante años, desgastadas por incontables padrenuestros y avemarías, sigo fiel aunque poco pueda esperar ya de quien como yo, habita historias olvidadas.»

Envuelto en las gasas del mosquitero envidio la parsimonia con la que ellos apagan siempre las luces de sus cuartos y caminan tranquilos hasta sus camas. Los he espiado a veces a través de las puertas entreabiertas para ver si tienen muertos que los atormentan.

La imagen de la conga avanzando inexorablemente hacia lo que a todas luces parece ser un profundo despeñadero me desvelaba. Alguien grita que sólo los del barrio de La Güira tienen la llave. ¿Qué puertas abren esas llaves? ¿Cuáles cierran para siempre? Las de mamá son cinco y sirven para abrir las maletas con las que llegó un día al pueblo. Las de la conga no sé en qué cerraduras encajan. Mejor pedirle secretamente a Amalia que entregue todas esas llaves. Faltan pocos metros para que la conga caiga en un abismo, en una grieta gigantesca abierta al borde de un precipicio al final de la calle, grande como para que por ella desaparezca medio pueblo con casas, avenidas y parques.

Me veo agarrado de nuevo al poste. No entiendo cómo he vuelto a la baranda si juraba haber oído a la Paca decir sus oraciones, y a la tía volver a maldecir al desobediente san Pedro y a agüe Rosa vaticinar más apagones por culpa de las lecturas de Jo.

Nadie hace nada por impedir que la conga desaparezca, por evitar que caiga en el vacío. A nadie le importa que nos quedemos sin cornetista, sin fiesta, sin kioscos, que no venga el órgano con su organista al portal de cada año, o sin el paseo de carrozas deslumbrantes y esos muñecones que me intimidan con sus carotas de muecas risueñas. Y para colmos, si no aparecen las llaves algo terrible ocurrirá, según mi madre, pues no podremos salvarnos nunca de la pesadilla que vivimos desde el día en que por estúpida le hizo caso al cabrón de mi padre. ¡Ella que había llegado a este culo del mundo, a este pueblo perdido, porque de tonta creyó en el amor, y también en esa otra conga llamada Revolución. «¡Para que lo oigas bien y no se te olvide nunca, tú que vives en las nubes!»

Ya se veían las luces de los caballitos motorizados de la policía, al principio tenues, luego encegueciéndonos. Se me aflojaban las piernas. Nadie aquí quiere cuentos con la policía. No creo que me dé tiempo a bajarme de la baranda, a ayudar a la abuela Paca a entrar, a salvar los muebles, a echar la aldaba y encaramarme en la cama antes de que se adelante la mano del muerto.

Wuah, wuah, wuah, la patrulla tiene una alarma estridente. Aparece al final de la bocacalle, le siguen las motos de los caballitos. El faro luminoso del carro es el ojo de un cíclope alumbrándome la cara. La música de la conga se vuelve trepidante, el baile vertiginoso, la caída parece inminente. Oigo a mi madre buscando las cabronas llaves en medio de toda la confusión, el salvoconducto al mismísimo paraíso, ha dicho, y ruego porque se salve la conga, porque no se despeñe para siempre, y pido a san Pedro que nos tire las llaves, las que sean, las de la tía para abrir el regadío del cielo, las de mi madre y sus dichosas maletas, cualquiera con tal de que nos salvemos todos, porque queden a buen resguardo Belén, Amalia, ellos, nosotros, el bisabuelo Ramón con sus hijos y nietos en el Norte, los de la casa plácidamente dormidos ahora... porque se salve la isla entera.

Nadie quiere juego con la policía. Una vez tuvimos un registro. Buscaban, casa por casa, pruebas de que la gente jugaba a la bolita, una lotería prohibida con números que se cantaban a las nueve de la noche desde una estación de radio en Venezuela. El policía que vino, un tal Reina, estaba lejanamente emparentado con la Paca. Me vio comiendo torrejas en almíbar y se le olvidó la misión que le habían asignado. Se puso a conversar con agüe Rosa y entre torreja y torreja empezaron a evocar historias de toda la parentela. De vez en cuando buscaba las pruebas, ya con desgano, entre los libros del librero. Yo sabía que los números estaban apuntados en una libreta que agüe escondía debajo de su colchón. Me puse a dibujar, echado en el suelo, las páginas vírgenes del cuaderno prohibido. A Reina no se le ocurriría quitarle la libreta de colorear a un niño. Jo le dio un vaso de agua de lluvia acabada de sacar del aljibe para que matara el sabor empalagoso de las torrejas enchumbadas en tanto dulzor. Abuela Paca, fiel a un tiempo en que los mayorales calmaban la sed con una bebida a base de agua y azúcar prieta, mojó en su mejunje predilecto la punta de un pan de flauta. Al final, el policía se fue satisfecho, feliz por habernos hecho la visita y por haberse dado banquete con unas torrejas tan buenas. Entonces fui cargado como un héroe. Y Jo, que me ponía a leer la inscripción sobre la puerta del refrigerador que decía «Kelvinator», me llevó por vez primera a la carpintería para que aprendiera lo que anunciaban otros aparatos mecánicos que hasta entonces me había ocultado: «Black and Decker», «Valdor», «Craftsman», «Sheffield», entre sierras mecánicas, barrenos, serruchos y taladros de su carpintería.

La música de la conga se volvía casi imperceptible. Hubo un ruido de fuegos artificiales a lo lejos, alguien gritó que se trataba de la cascada lanzada desde el techo del teatro Domínguez, un gesto simbólico que anunciaba la inauguración del carnaval. Ahora sólo se oía la musiquilla monótona y pausada del órgano oriental en la esquina de casa, en el portal de una tienda que llevaba, sin que supiéramos por qué ni a quién se le había ocurrido semejante idea, el extraño nombre de Los Locos.

El órgano decía «La Gloria de Manzanillo». Letras blancas, en forma de arabescos hermosos, anunciaban el nombre sobre la madera negra y pulida de su carapacho. Los arabescos se perdían en una nebulosa de tonadas, las notas se las tragaba poco a poco, haciéndolas desaparecer en el interior de la caja maciza en lo que el organista accionaba la manigueta y le daba al pedal con el pie derecho.

Como si se tratase de un tubo de succión, el órgano aspiraba todo lo que le pusiesen delante. El impulso del organista multiplicaba los objetos que se alineaban, ya reducidos de al menos la mitad, a la espera de ser tragados. No sé en qué momento la gente primero, las calles, las casas y hasta los árboles después, seguidos de las aves convertidas en diminutas figuritas, comenzaron a colocarse en fila india, esperando que les llegara el momento en que desaparecerían dentro del instrumento a la par de las tabletas musicales en forma de lengüetas que el organista transformaba en música. Cuando quedaban muy pocas cosas por perderse, cuando el pueblo había sido prácticamente consumido, una suave y dulce melodía lo envolvió todo. Se diría que emanaba de pequeños agujeros abiertos en la tierra, de la superficie que antes ocupaba el pueblo y donde ahora sólo se veía una planicie reseca sobre la que rodaba lentamente, como un balón empujado por el viento, el redondel con ojos que antes se agazapaba debajo de mi cama. Un rostro sin cuerpo se aferraba a la tierra y se debatía como una fiera para no ser aspirado por las fauces del maravilloso instrumento.

# II

Delineo poco a poco su rostro. Configuro después el resto, nos fundimos en un abrazo.

Abrazo de amante que tiene algo de ingenuidad, como una argolla que engrampa en una feria a un muñeco, tal vez un oso de peluche bien ganado. Abrazo que adivina el pensamiento. Los brazos se adelantan, el impulso viene de dentro, nadie podrá retenerlos. Quieren borrar todo espacio entre los dos cuerpos. Este abrazo es mañanero, nos despierta del todo. Recorro la distancia entre la casa y la Facultad medio dormido. Nunca he servido para gran cosa por las mañanas. Si no estuviera esperándome el abrazo de la Sombra bajo los laureles del jardín, sería incapaz de desperezarme, me agarraría el mediodía sin poder sacudirme del todo la sonsera.

De la pared del vestíbulo cuelga un óleo de Servando Cabrera Moreno. Debe ser una copia, se llama *Esas pequeñas cosas*. Siempre me quedo mirándolo, dos cuerpos se entrelazan, nunca podrán zafarse del nudo que les tendió el pintor. Son siluetas ambiguas, pienso que es bueno que así sea porque nos deja imaginar lo que se nos antoje. Detesto a esos artistas minuciosos, a esos autores tan precisos que le describen al espectador los más ínfimos detalles de sus héroes, condenándolos a vivir prisioneros de lo que ellos imaginaron, sin permitir que cada quien los moldee a su antojo. Fue el mismo día en que se desprendió el ascensor del Someillán, con nosotros dentro, que hablamos de Servando y de esto.

Quizá no. En esta isla las conversaciones se repiten, de tan reiterativas pueden cambiar de matices pero el tema sigue siendo el mismo. Hablan todos de lo mismo cada día, desde ni se sabe cuándo, sin que nadie dé señales de fatiga. Los primeros son Ellos, los del Poder. «Mancha de Plátano», así conocido en el pueblo de mi infancia, no ha parado de repetirse desde el día en que se apropió de todos los micrófonos del país. A veces le da por cambiar lo que ya dijo. Sabe hacerlo tan bien que no nos damos cuenta. Es experto en eso de envolver sus discursos con palabras bonitas, bien ordenadas y tan profundas que la gente se queda anestesiada. Todos creemos que ha dicho algo nuevo, que ahora sí se solucionarán los problemas, que ha llegado el fin de los sacrificios. ¡Ilusiones! Lo mejor es que es tan hábil en disimular sus continuos fracasos, en camuflar sus verdaderas intenciones, que hasta quienes lo detestan terminan aplaudiéndolo. Esto, la verdad, es como para volverse loco. Tanto es así que cuesta trabajo explicarlo.

—¿A que no sabes que pagaba los arreglos de la casa con apretones al óleo? —la Sombra se refiere a Servando.

—Me entero por ti.

—En cada rincón de su casa había abrazos como ese, de todos los tamaños, incluso acrobáticos, imposibles de recibir o de dar. Anatómicamente, quiero decir. A cambio de cada tomacorrientes que su electricista le reparaba, por cada cable arreglado, ganaba un nuevo abrazo. Me contó que una vez le reparó el impulsor de agua y Servando le pagó con el abrazo más original del mundo, pintado sobre el fondo de un plato hondo. Le ofreció un plato lleno de sopa, era la hora del almuerzo, y le dijo: «Cuando termines de tomártela, lo friegas y te lo llevas». Cuando el electricista se zampó toda la sopa descubrió que en el fondo había dos falos abrazados. Lo lavó y lo añadió a la colección.

—¿Y cómo sabes todo eso?

—Lo conocí hace poco... al electricista, quise decir. Por pura casualidad...

—No me lo habías dicho.

Antes de entrar al aula, la Niké de Samotracia en su versión más esmirriada y despeplada posible, las estrías de su túnica de yeso negras de hollín, exhibía todavía con cierta gracia la mitad del ala que le quedaba. Igual que ella estaba el resto de lo que había sido un muestrario de copias de esculturas antiguas para estudiantes de Historia del Arte. Por el suelo yacían regados los bustos de emperadores y personajes célebres de la Roma antigua, frisos y metopas del Partenón, ánforas y cráteras, maquetas de villas pompeyanas, capiteles en sus tres órdenes. Nadie sabía ya a qué emperador correspondía cada rostro, ni tampoco importaba mucho. Entre los bustos, a saber por qué, estaba el del general Máximo Gómez, que no había sido emperador de Roma ni ocho cuartos, sino un héroe de la guerra de Independencia contra España. «Máximus Gomus», así bautizado por nosotros con falsa latinización del nombre, yacía entre un Nerón y un Calígula desnarizados.

La portera, con cara de espía —chivatona, decíamos entonces—, se encargaba de asegurar el orden. Se ocupaba también de tocar el timbre cada cuarenticinco minutos, avisando así del fin de las clases. Un olor a mantecado en todas sus expresiones: guachipupa o granizado, helado o durofrío, incluso en forma de torticas, paleticas o pirulíes, invadía aulas y pasillos de la Facultad. No había modo de salir de allí sin el estómago revuelto. El sabor que más detestaba la gente era el que más abundaba, el único que las fábricas producían, seguramente como parte del plan maquiavélico de tenernos siempre disgustados.

La doctora Novoatropín, que por supuesto no se llamaba así, tan vieja como el castillo del Morro, nos explicaba lo que bajo trentitrés grados, mareados por las oleadas melosas del mantecado que llegaban desde la cafetería, parecía una broma de mal gusto:

—La Sagrada Familia es la catedral inconclusa de Gaudí en Barcelona y debe permanecer así si pretenden ser fieles al autor en aras de conservar su gran originalidad. Aunque lo haya dejado todo en planos, no debemos tocarla.

Un loro enjaulado era lo que parecía la Novoatropín, con esa nariz de cotorra y esa pellejera por todas partes. Daba clases en la Universidad desde la época en que no se había construido todavía la gran escalinata, pero a la hora de ponerse el uniforme de miliciana, que le quedaba todo lo ridículo que puede lucir una prenda de ese tipo en un cuerpo octogenario, se creía el soldado más útil a una causa que ni siquiera debía de darle mucho de comer. Repetía lo que ya estaba en los libros. Todo, todo, todito, todo está en Juanpí, así que ya saben... También nos mandaba a consultar a Mausser, uno de esos historiadores que decían que el arte debía responder a los intereses de la lucha de clases, un libro que no existía en ninguna biblioteca ni plan de estudio fuera de los nuestros. O peor todavía, un manual de un tal Roberto Segre, un argentino vividor, de los que consideraban que el modo de vida burgués occidental era un pecado, pero se cuidaban muy bien de vivir de otro modo.

Lezama Lima, a saber por qué, llamó a la Universidad «Upsalón». Según la Sombra este escritor venerado tenía el don de «enredar la cosa». En todo caso, la Universidad era la misma de la que hablaba Lezama pero a su vez era otra. De aquel Upsalón no quedaba gran cosa.

Además del muestrario escultórico decrépito, sobrevivía el sofá negro «King Kong» del pasillo. Lo de king kong no era sólo por lo negro sino también por su tamaño descomunal. No sé si antes tendría los mismos fines, en nuestro tiempo era el verdadero y único icono de la Facultad, y el olor a semen perduraba sobre su forro de vinil por mucho que lo restregaran con jabón. El olor se perdía en la negrura de la noche, de tanto estudiante que retozaba ahí durante las guardias mensuales obligatorias que los varones tenían que hacer de madrugada. Por eso algunos lo llamaban también «El Templete del Vedado», diferenciándolo del Templete de La Habana Vieja, monumento que marca el sitio en donde fue fundada la ciudad. «Templar» en buen cubano no es sólo ajustar las cuerdas de un instrumento musical, sino follar como Dios manda, incluso, a la buena de Dios que era como lo hacíamos sobre King Kong, temerosos siempre de que llegara una inspección del Rectorado con el objetivo de controlar la seriedad y la abstinencia de nuestras guardias.

Si estabas de vigilancia salías unos minuticos a la avenida del Vicio, un paseo cubierto de matorrales y frondosos laureles al pie del castillo del Príncipe, en busca de tu presa. La avenida era una auténtica boca de lobo donde después de medianoche se precipitaba media Habana en busca de meterla o de que se la metieran, refugiándose en cualquiera de las cavidades que tenían los enormes troncos de los laureles. Era corriente toparse allí con Ruperta la Caimana, la Condesa, la Cremosa y otras locas furibundas, tan populares por lo afeminadas que eran como por lo pretenciosas. Locas caribeñas al fin y al cabo, se daban mucha lija y aprovechaban la oscuridad de la avenida para meterse a un negro sin que las otras locas las vieran. Como ningún maricón que se respetase iba a templar con aquellas pajaronas deprimentes, no les quedaba más remedio que morir en la avenida del Vicio cuando todos los que ligaban en Coppelia habían logrado ya su objetivo. Cuando Ruperta se cruzaba con un conocido en la avenida le decía: «¡Este niño, la tranca está de truco!». Por piedad la gente no le decía que para ella, por lo requetefea que era, estaba de truco la tranca. Y todo el mundo sabía que venía a buscarse a uno de esos negrones bugarrones hambrientos, dispuestos a metérsela hasta a los mismísimos troncos de los laureles con tal de vaciarse.

El Rectorado estimaba que los estudiantes de arte éramos los más subversivos, que no nos comprometíamos lo suficiente con las tareas revolucionarias. Nunca decía que teníamos cien por ciento de cumplimiento en las guardias nocturnas. Primero muertos que perdernos una noche en King Kong, auténtico lujo comparado con irse a templar en los matorrales o en cualquiera de esos lugares improvisados en donde la gente lo hacía por falta de intimidad en las casas, o porque era imposible alquilar un motel o un sitio apropiado.

Ni los policías se atrevían a asomarse a la avenida del Vicio, de miedo a que una turba de maricones hambrientos de hombres les cayera detrás para mamárselas. Sabían muy bien que aquellas locas no tenían perdón de Dios y que eran capaces de comérselos de pies a cabeza si se aventuraban por allí.

Además de todos esos asuntos intrascendentes que salvaban del suicidio a media ciudad, la avenida alojaba también el único mausoleo que sobrevivía en honor a un presidente del pasado. El monumento de mármol a José Miguel Gómez había logrado perdurar gracias a su tamaño descomunal. Ocupaba una rotonda entera y de telón de fondo le quedaba el hospital ortopédico Fructuoso Rodríguez, casi siempre a media luz, porque los mismos empleados y médicos se robaban las bombillas.

—La cara de este pueblo en una parada de guaguas es como el poema que Maiakovski dedicó a su pasaporte rojo.

—A ver, Sombra, bésame y deja esa filosofía barata de autobuses para cuando podamos largarnos de este país de mierda.

*En un beso la vida*, como el bolero. Ni se rehúsan los labios prestados, ni se sabe a qué sabe el beso que se da. Besos al derecho y al revés. El beso corona de la adolescencia, el beso hasta la saciedad. Embobecidos. Embabecidos. Embelecados. Embelecidos. Embabiecados. Embelucados... y decenas de palabras más, aunque no existan, porque cualquiera que sabe lo que es besar a los veinte años las entenderá. Besos muy largos que aquí son «mates». O tan intensos que les decimos «de chupete y rosquete», de los que dejan los labios en carne viva, más rojos que la sangre. Besos de aspiradora, que succionan el cuerpo con tal fuerza que uno se queda con una extraña sensación de vacío por dentro. Todo comienza siempre con un beso. Lástima que todo no termine siempre así. Cuando se ama se besa hasta el infinito, cuerpos petrificados en un beso como el que Brancusi esculpió en la tumba de

Tania Rachevskaia, en el cementerio parisino de Montparnasse. El mundo entero debe haberse besado en esa cadena de besos que trasmite millones de bacterias por salivazo. El gran beso bacteriológico: he besado al Universo porque al final de la cadena siempre hay alguien que ha besado a otro que ha besado a no se sabe cuántos de los cuales siempre uno me ha besado. Por suerte esta isla es una potencia médica: la isla-potencia-de-todo. Hemos erradicado, dicen, todas las enfermedades mortales, lastres del subdesarrollo, taras heredadas del capitalismo. Aquí somos eternos. Mejor dejar esa tecla, que tal vez nosotros no, pero hay quienes sí que deben serlo.

—No quiero besar al final de tu cadena al electricista de Servando —le digo irónicamente a la Sombra. Finge no captar lo que digo. No cumplo lo dicho.

Un beso frente a la Dolce Dimora. Es la hora en que las calles empiezan a vaciarse, y aunque no lo fuese lo mismo da porque aquí hace tiempo que todo es desparpajo.

La Dolce Dimora es un palacete que pretende imitar a los palacios a orillas del río Arno, una fantasía más de esta isla en medio de su debacle. Su breve historia resume el síndrome de la locura del país, eso que mamá explica siempre diciendo que «aquí regaron al loco como hierba mala y se les olvidó inventar el yerbicida». La construyó un napolitano que fue mambí, o sea, insurrecto contra España. El tipo vino de Italia a finales del siglo XIX a luchar, codo con codo, junto a los cubanos durante la guerra de 1895.

Un desvariado más, como tantos que hemos padecido desde siempre. Nuestro hombre llegó luego a senador, y fue de lo más respetado hasta que le dio por meter demasiado las manos en las arcas del Estado. Dicen que sacó tal cantidad de plata de la construcción del Capitolio, futura sede del Senado, que a su Dolce Dimora le pusieron «la hija pequeña del Capitolio». Total, todo ese esfuerzo por gusto. Cuando Orestes Ferrara —así se llamaba el napolitano— se tuvo que ir del país más tarde, su elegante mansión fue convertida en museo. Allí se atesoró la colección de objetos, cuadros y libros sobre Napoleón Bonaparte más grande de las Américas, confiscada por la Revolución al magnate del azúcar más poderoso del continente, a Julio Lobo, otro de nuestros locos célebres. A aquel le dio por coleccionar todo lo referente al célebre corso, incluida su mascarilla mortuoria que le hizo el doctor Antommarchi en Santa Elena.

La locura nos guía en cada paso. Es una suerte que nos siga siendo fiel. Aquí se estudia para matar el tiempo. La universidad hace que gane tiempo, en lo que vislumbramos cómo coño escaparnos de este muro de aguas. Un varón que no estudie tendrá que cumplir el Servicio Militar, el tremebundo «verde», que son tres años marchando y abriendo trincheras contra enemigos imaginarios. Cualquier cosa, la muerte incluso, es mejor que el puto «verde». Irse en lo que sea, como sea, es también parte de esta locura. Mamá no está tan loca como para correr riesgos. Eso le viene de su educación burguesa. A pesar de haberse divorciado de Juanjo, nadie puede sacar a un hijo menor del país sin el consentimiento de ambos padres, tenga la potestad quien la tenga. Lo peor es que cuando el hijo deja de ser niño, cuando ya tiene voz y voto para decidir, entonces, por ser varón le agarra «la edad militar». Y un varón con dieciséis años se debe a la patria antes que a sí mismo. Y así van pasando los años sin que uno pueda largarse. Por suerte, se puede evitar el «verde» estudiando en la Universidad, lo que no se puede evitar es salir del país sin haber cumplido el Servicio, a menos que consigamos una baja médica.

En esas andábamos. Andábamos no, pues en realidad andar significa avanzar y nosotros estábamos estancados desde hacía rato. Varados en la isla, como un barco irrecuperable, como aquel que de niño veía en la barrera de corales de la playa de Morales.

No quedó especialista al que no acudiéramos. Ni escoliosis, ni lumbago, ni insuficiencia cardiaca, ni asma, ni nada. Más sano que un roble, señora Erlinda. ¡Coño, qué desgracia! Sólo pies planos y por eso, ya saben ustedes que no se le da a nadie la baja del Servicio. ¿Y ya miró, doctor, si todo va bien con la vista? ¿Está seguro de que no hay nada en los riñones, algún problemita que podamos convertir en problemazo? Nada, nada de nada, señora. El muchacho está que da la hora, apto para cien campañas militares. ¡Ay, qué desgracia la nuestra! ¡Hasta la salud está en contra de nosotros!

Y mientras tanto, los besos, Upsalón, deambular por las calles del centro, abriendo por primera vez los ojos a la urbe que conocía de oídas por no haberla recorrido antes, porque había vivido emboscado en las manzanas despobladas de nuestro barrio con sus fronteras infranqueables: Miramar, adonde nadie iba a buscar nada porque allí sólo había mansiones abandonadas por sus dueños y fantasmas que lloraban de noche. Allí viví ajeno al resto de la ciudad el final de la infancia. Allí, lejos de los desfiles, las marchas, las movilizaciones, los ruidos, los rumores, había atravesado como en una cápsula protectora parte de la adolescencia. Un barrio residencial replegado sobre su pasado elitista tres décadas después del éxodo de la mayor parte de sus moradores, donde quedaban pocas familias irreductibles de las de antes, otras de la nueva clase en el poder y unos cuantos extranjeros y personas del cuerpo diplomático acreditado en la isla.

Al final de cada curso llegaban los besos robados en las calles del centro. Recorríamos el trayecto que nos separaba del mar, siguiendo el itinerario de nuestro instinto. Leíamos nombres que nadie sabía ya qué significaban. «Dihigo», por ejemplo. Así se llama la Facultad. Nunca supimos quién se escondía detrás de ese apellido, qué había hecho por nosotros, qué nos legó, y eso, a pesar de que había un busto del personaje en el atrio del edificio. «Luis de Soto.» Así se llamaba la galería de arte anexa. ¿Quién carajo era Luis de Soto? Nadie nos lo explicó nunca. «Pabellón Cowler.» Esa era la inscripción en el frontispicio de un pabellón del hospital de la Colina. ¿Quién fue ese distinguido míster? ¿Qué significaba todo aquello? ¿Qué jugarreta nos hacía el tiempo o los que decidían nombres, fechas, efemérides, actos? ¿Cuántas vidas nos harían falta para entender el sitio en que vivimos?

Besos, besos y más besos. A Dios gracias tenemos los besos y en eso la Sombra es pródiga, amén de que no para de reírse con las cosas que digo. Acaba de decirme que mi madre y yo somos un par de desquiciados, que no hay veneno contra la yerba de nuestra locura, que estamos de manicomio y en cualquier momento nos ingresan en el Psiquiátrico de Mazorra.

—Loco, sí, pero por largarme de aquí. Por encima de todo, incluso de tus besos.

Y la Sombra se ensombrece porque sabe que jugando se dicen las verdades más grandes.

Estamos ya en la esquina en donde acribillaron a balazos a «Manzanita». Otro mártir. El mismo que atacó el Palacio Presidencial cuando Batista. Nos encontramos con Jota Uve, allí, debajo de la mata de boliches de esa esquina, desde donde, nos dice, espera su autobús. Nos informa sin que le hayamos preguntado nada. Quiere decir que está en otra cosa, probablemente ligando, porque le encantan los muchachitos y las muchachitas de la Facultad de Matemáticas.

—¿Se han fijado que lo que más se parece al poema de Maiakovski a su pasaporte rojo es la cara de este pueblo en una parada de guaguas?

Trío de risas. Jota Uve repite el chiste que seguramente nos oyó alguna vez. Pensándolo bien no creo que se lo hayamos hecho. Nuestra promiscuidad de isla es tan fuerte que hasta los chistes dan la vuelta y llegan como inéditos al oído de quien los inventó.

—Echaron a De Chirico y a Leocadia de los estudios —repliega el cuerpo poniendo las manos como talego delante de la boca—, y ni se sabe cuántos más están en remojo. La cosa está en candela. Parece que quieren limpiar, como ustedes saben la Universidad es...

—...para revolucionarios —respondemos a coro la Sombra y yo.

Nuevo trío de risas, aunque esta vez con un velo de preocupación en el semblante de todos, sobre todo de la Sombra, que es de monte adentro y sabe que si lo echan de la Universidad tendrá que regresar al campo, al Cuzco, al pie de la loma de La Caoba. «A casa de la resipinga», como diría cualquiera del grupo que estuvo en ese fin del mundo invitado por la Garcilasa.

—¿Te imaginas que tengas que volver al pueblo? ¡Con lo excitantes que son los rostros de los montunos del Cuzco! ¡Puros perfiles griegos! ¡Qué suerte! —dice Jota Uve y no logramos saber si ironiza o habla en serio.

—No necesitas volver al Cuzco para verlos, con mirar la cara de la Sombra ya tienes.

—Sí, querido, pero el problema es que esa Sombra tiene un cartelito que dice «se mira y no se toca» y yo quiero una de esas caronas lindas para mí solito.

*Abajo la dictadura*, decía una pintada sobre la fachada del edificio al costado de la gran escalinata. El letrero tenía su dramatismo, pues daba la impresión de que había sido escrito con sangre y aunque no hubiese sido así, de tanto oír las epopeyas de nuestros héroes escribiendo de ese modo lemas como aquel, terminábamos creyéndolo. Tan seguros estaban los de ahora de que la dictadura era la de antes que ni siquiera se habían tomado el trabajo de borrarlo. El mentiroso no es mentiroso, dice a la vez verdad y mentira, según el sofisma de Epiménides. De modo que el dictador tampoco cree que lo es.

—Mejor pasamos por detrás —dijo la Sombra en lo que dejábamos a Jota Uve «esperando su autobús» con los ojos más puestos en los culos de las estudiantes de Matemáticas que en la calle San Lázaro, por donde debía venir su autobús.

—Es la hora del chupete matrimonial.

—La hora y el lugar, boca rica.

El chupete de los matrimonios nos lo dábamos siempre frente al caserón al estilo de esas plantaciones que se veían en la película *Lo que el viento se llevó*, ahora convertido en Palacio de los Matrimonios por arte de éxodos y confiscaciones. La casona, otrora propiedad de un tal Fausto Menocal, tenía un túnel que nacía al pie de la roca que le servía de cimiento y que ascendía, por un costado, hasta el lugar en donde se alzaba majestuosa su fachada. Daban gusto los árboles que habían crecido sobre el promontorio, las raíces atravesando la roca coralina, prueba de que en épocas remotas toda esa parte de la ciudad fue territorio del mar.

—Es la boca del túnel. Desboquémonos.

—Lo que tú quieras y pidas por esa boca, pedazo de cielo.

Hechiceros chupetes. Mejor los que no dejan marcas, la verdad, aunque a veces son inevitables. A chupete en el cuello, curita o esparadrapo para taparlo. «Aquí debajo escondo un trofeo, un cuño de la pasión», dice la curita que nos protege del exhibicionismo. Chupete, sangre coagulada a flor de piel, marca temporal del amor adolescente, los labios como sanguijuelas prendidos del cuello. Lo mismo te coge por ahí que por donde te coja. Y si te descuidas...

En la barra del hotel Flamingo el imperturbable Peteco, empinando siempre el codo. Coboy a la roca por falta de whisky, mis ambias. ¿Cómo va eso? —ese es un saludo habanero.

Peteco es gente de barrio, de los que dicen «ambia», «monina» o «consorte», nunca amigo, socio o compañero. Es de los que saben formar «tremendo aguaje», o sea, mucho ruido por cosas insignificantes. Es barman, cincuentón, buena gente, el defecto es que no le descarga a las canciones norteamericanas sino a los poemas de Machado musicalizados por Joan Manuel Serrat, o si no a los temas de las progresías militantes, desde Charly García y Fito Páez hasta Ana Belén y Víctor Manuel, cantautores que saben vivir como grandes señores pero cantan textos para combatir a los magnates del mundo, muy solidarios con los pobres, pero incapaces de ceder a quienes ellos dicen defender sus a veces astronómicos derechos de autor. Nada de qué asombrarse después de todo, gente que va con la corriente, que le coge la temperatura al tiempo, se pone a tono y el comemierda le cree y le paga. Algunos

—y eso sí es imperdonable— cantan peor que una rana. No todos, la verdad. Los del patio, por ejemplo, tienen una voz tan mala que si no fuera por las letras, de las duchas de sus casas no pasaban. Chirrían, no cantan.

—Eres veneno puro, mi ambia. Ve-ne-no.

Peteco perdonaba mis venenazos contra los cantantes de la nueva trova local que él ponía en la consola de música del bar del Flamingo sólo por las tardes. Cuando me veía llegar cambiaba el casete y el sitio recuperaba la magia de otros tiempos, la época de oro, no exactamente con la voz de Frank Sinatra que lo vio fundarse, sino la de Tracy Chapman, más actual pero igual de bella, cantando aquello de *sorry, is all that you can't say, years gone by and still...*

—¡Que viva el inglés, coño!

—Cuando yo tenía la edad de ustedes, queridos amiguitos, La Rampa era La Rampa y las tetas de las mujeres dejaban chiquitos a nuestros dos picos más altos: el Suecia y el Turquino.

—Cojones, entonces las mujeres esas tenían las dos tetas disparejas porque los dos picos de la Sierra Maestra no tienen la misma altura.

—No jodas que tú me entendiste. Si no, sal a la calle para que veas las ubres más famélicas del mundo. ¡Esta ciudad es una mierda! ¡Esta ciudad es un cementerio de tetas disecadas! Ni las vacas dan leche ya, ¿qué se puede esperar de las tetas?

—Y los hombres, ¿qué tenían entonces en La Habana de tu juventud, Pete?

—Orli, tú sabes que esa no es mi especialidad —respondió sirviéndonos un par de Tom Collins—. Pero si te fijas bien en las fotos de antes, los pantalones eran más anchos y el tiro mucho más largo. Con lo cual... Por algo sería, ¿no? Si sales ahora a lo mejor te encuentras los rabos más distróficos del mundo porque sin carne de res, mi ambia, no hay rabo que no se atrofie en la edad del crecimiento.

—Pete, no bautices los Tom Collins que para eso somos tus ambias.

—A ninguno de los dos por tener esas caras lindas les voy a echar agua en el trago. ¿Saben cómo les dicen en Buenavista a los carilindos?... No, no lo saben, ustedes son gente fina. «Garifa», les dicen «garifa», nagües. A ustedes se los pongo puro y del bueno, para que después no digan que el Pete no los quiere, que el Pete los tortura con musiquita de Silvio Rodríguez y toda esa paja.

Trabajo nos costaba zafarnos del Pete.

Más abajo, delante del portal de Wakamba, nos topamos con De Chirico. Lo acababan de echar de la Facultad de Matemáticas, nos había dicho Jota Uve. Se sentaba en la cancha «para hacer un tiempo», mientras esperaba a que le sirvieran una torta caliente con bastante mantequilla y maple, que pedía antes de que empezara la tanda de la Cinemateca. No se perdía una película aunque fuese el peor clavo ruso del realismo socialista.

—Háganme una media aquí. Los invito a comer *hot cakes* —la Sombra no tiene muchas ganas de exhibirse ahora con De Chirico. Tiene miedo de correr su misma suerte, pero el otro insiste en que nos quedemos y no podemos rechazar su proposición. Cuestión de honor. Mejor arriesgarse a que nos echen que quedar como un «par de pencos». No lo digo tanto por mí que en definitiva sé que no terminaré esa puta carrera, sino por la Sombra. Que lo tilden a uno de penco es lo peor, igual que de chivato. Cobarde y delator son estigmas que inspiran desprecio, al menos entre nosotros.

A De Chirico se le había quedado el nombrete no porque tuviera algo que ver con el pintor metafísico de Tesalia, sino porque una vez, saliendo de la sala de la Cinemateca dijo que cualquiera se sentía como Greta Garbo en una de sus películas mudas, caminando sobre la alfombra *dechirée* de la rampa que daba nombre al cine. Como lo dijo en francés, indicando lo desgastada que estaba la alfombra, uno de esos espectadores que meten la cuchareta en todo aunque no sepan de qué se está hablando, gritó:

—¿Dechiquéee...?

—*Dechirico*, niño, que eso es una fineza en francés —le respondió una muchacha que era también punto fijo en los ciclos del cine—. ¿Tú nunca has oído hablar de ese famoso pintor?

Y De Chirico se quedó para siempre con aquel apodo gracias a la pregunta de un entrometido y al despiste de una cinéfila, y a nadie se le ocurrió llamarle de otra manera desde entonces.

A la corte de De Chirico, a su piquete de cinefilia, se sumaban, sin que nadie los hubiera invitado, la Jutía

Ninfómana y su pareja, el *Solenodon cubanus*, al que llamábamos por el nombre científico de un roedor endémico de la isla, el almiquí, del que quedaban escasos ejemplares vivos en las sierras holguineras. Ambos tenían la cara de esos roedores prehistóricos. Vivían maritalmente, con beneplácito de toda la vecindad, frente a la Plaza Vieja, en un antiguo palacete convertido en solar que había pertenecido un siglo antes a la distinguida familia Franchi-Alfaro. Eran lo que se decía «compromisos formales», con ellos sí que no iba el cambieteo ese de pareja que nos traíamos todas y todos, ni el préstame a tu novia que te doy un rato la mía. La Jutía se creía pintor. A casi nadie le gustaba coincidir con ellos en La Rampa porque en medio de la película, incluso en momentos de intenso dramatismo, o durante películas de autor y hasta en las más cultas de la cinematografía mundial, el Solenodon era capaz de soltarle a su Jutía, sin importarle mucho el efecto y, lo que era peor, desconociendo que atentaba contra nuestro prestigio, cosas como: «Papi, recuérdame que mañana van a dar el pescado del mes por la libreta y que tengo que ir temprano si queremos coger algo esta vez». U otras como: «Mi chini, que no se me olvide descongelar las yucas que quiero hacerte buñuelos». Y eso, en una escena tan maravillosa como la de Bette Davis en *All about Eve* interpretando a Margo Channing cuando al ver a Eva Harrington, con un gesto de hastío, como corresponde a una mujer que está de vuelta de todo, enciende el cigarrillo y rechaza, con gesto altivo, la bebida que le brinda el camarero.

Con personas como el Solenodon nadie podía elevarse ni un minuto, menos aún en el cine.

De Chirico era un tipo brillante, gozador, que estaba por encima del bien y del mal y al que le importaba un bledo quedar en ridículo o que lo vieran frecuentando a gente como los roedores. Estudiaba ciencias y a los de esa disciplina lo mismo daba Juana que su hermana. Vivía en un mundo abstracto de números, algoritmos y cálculos infinitos que sólo él entendía. Una vez nada más lo vi fruncir el ceño por una de las meteduras de pata del Solenodon, la más memorable de todas. Fue durante el *Macbeth*, de Orson Wells, exactamente cuando, en pleno éxtasis trágico, Lady Macbeth, interpretada por Jeanette Nolan, sale corriendo hacia lo que se infiere será su suicidio, después de intentar lavar las manchas imaginarias de sangre de sus manos. Entonces, dirigiéndose a la Jutía, y sin bajar el tono de la voz a pesar de estar a su lado, exclamó, de modo que lo oyó la sala entera: «¡Pero, pipo, esto es una tragedia!».

Leocadia, la novia de De Chirico, tampoco soportaba al Solenodon. Nadie sabía muy bien qué haría Leocadia con su vida porque a pesar de haber empezado tres carreras las había abandonado todas antes de que acabase el año. Su madre se había metido a disidente, aunque nadie entendía entonces qué significaba aquella palabra. La relación entre madre e hija era tumultuosa, no por esa razón, sino porque Leocadia vivía en una nube y tenía siempre el apartamento, en una calle céntrica del Vedado, lleno de diletantes que se pasaban el día entero en el salón oyendo música, tomando té y arreglando el mundo, que es lo mismo que hablando mierda.

La noche de «pipo, esto es una tragedia», estaba también el Pepón, otro personaje que muy bien hubiera podido lanzar el mismo comentario que el roedor si no fuera porque resultaba mucho más medido. Leocadia le dijo a De Chirico que ella no vivía en un país como el nuestro, de por sí ya invisible, para tener que soportar a esa fauna variopinta, y menos durante la proyección de las mejores películas del mundo. «Soy lo bastante "civilizada" como para no despreciar a nadie por sus gustos sexuales, pero una cosa es ser homosexual y otra andarse con tanta mariconería, chico.» Y sin dar tiempo a que De Chirico le respondiera, se levantó hecha un basilisco y ni esperó el final de la película. A Leocadia nunca le pareció gracioso que el Solenodon hubiese llegado por sus propios medios, por rudimentarios que fueran, al verdadero sentido de la «tragedia», entendida como género. Los que nos quedamos en la sala oímos el tremendo portazo que dio al salir. Los dos roedores, como era de esperar, ni se enteraron de lo que sucedía.

Nos escapamos de De Chirico.

Al final se rompió la hornilla de las tortas y anunciaron que hasta que no la arreglaran no se podía seguir atendiendo al público.

Pasamos frente al hotel Nacional y al edificio Pelayo Cuervo con su enigmática escultura de mujer en el vestíbulo. Paladeábamos ya las gotas saladas que arrastra el viento desde el Golfo de México. Nos miramos con esa mirada cómplice de los amantes que saben adivinarse el pensamiento, sobre todo por la proximidad de uno de nuestros refugios. Era el edificio Someillán, casi deshabitado, probablemente el más alto de la ciudad. El ascensor se abría directamente a los apartamentos que ocupaban toda una planta, el sitio ideal para bloquear la cabina en cualquier nivel en donde no viviera nadie. Mientras más alto lo bloqueábamos más lejos de la ciudad nos sentíamos, y mejor podíamos entregarnos. Un ascensor que fue treinta años atrás el último grito de la modernidad, pero que hoy por hoy daba más bien gritos por que le dieran un buen mantenimiento. Casi siempre subíamos hasta el piso veintiséis, nunca hasta al *penthouse*, ya que sabíamos que en la cima vivía todavía el que fue dueño de esa torre, decían que con un sobrino. Alguien nos había dicho que tenían incluso un león en la casa, el cual tal vez no fuera más que un gato montés u otro felino de menor casta, que el vulgo había terminado por transformar en el rey de la selva. O tal vez había sido un invento del propio tío, o del sobrino, así evitaban visitas de intrusos con fines dudosos en aquellas alturas. En uno de esos pisos vivía también el poeta Nicolás Guillén, pero casi todos los apartamentos permanecían vacíos. El ascensor se rompía tan a menudo que quienes podían aspirar a vivir allí desistían en cuanto se veían obligados a subir, hasta quince veces por mes, más de quince pisos a pata limpia. La vista más espectacular del golfo desde la ciudad se les convertía entonces en dantesca pesadilla.

En el ascensor del Someillán nos poníamos a apretar. Media Habana, medio país se refocilaba en los lugares menos indicados. Me preguntaba si quienes hablan el español en otras latitudes comprenderían lo que significa «apretar». Había parejas que se ponían a hacerlo en la última fila del cine y poco les faltaba para que se quitaran toda la ropa. Lo mismo se apretaba en el baño de una pizzería, que en la escalera oscura de un edificio, que debajo de un puente o entre dos camiones estacionados. Aquí cualquier lugar más o menos disimulado es una salvación. Había que matar el deseo como fuera, y así marcábamos la ciudad, como los animales cuando definen su territorio, con la liberación de nuestro deseo, sin importarnos la lluvia, el calor, la hora, el riesgo. Marcándolo con el olor, como las bestias. A veces con las humedades de nuestros cuerpos, con la sangre, con la esperma.

Apretar no requiere que se llegue al coito. Es más bien una lección de anatomía por encima de la ropa, adivinar las formas de otro cuerpo palpándolas, aventurarse a ganar terreno con algún botón que logramos abrir en las prendas del amante, espacios ínfimos que saben a gloria y por los cuales, si nos dejan meter la mano, terminamos metiendo el cuerpo entero. Siempre habrá uno de los dos que querrá llegar más lejos. Es parte del juego. La gracia es que el otro detenga su mano, que se haga rogar con infinito cariño, mientras le convence diciéndole «aquí no», «este no es el lugar apropiado», «dejémoslo para después, que nos pueden sorprender».

Apretamos cicatrizando las heridas del día, las zonas de dolor que la ciudad nos va dejando en el alma sin que se dé cuenta, sin que nos demos cuenta. Cada caricia en una de esas zonas se transforma en dolor extinguido, borrado de ese mapa corporal cubierto de lesiones cotidianas, de asperezas, rigores, tensiones, temores. Es nuestro momento de amor más sincero porque sabemos que no llegaremos más lejos. Los besos ya no nos sirven. Sólo aparecen cuando queremos cubrir lagunas de silencio, cuando la mente se pierde en algo que no logramos apartar a pesar de estar muriendo de deseo. Una boca podrá mentir besando, pero al tacto las manos no pueden disimular nunca la pasión. O las ganas si no hubiera deseo.

Olvidamos en qué sitio estamos. Forcejea la Sombra, se debate tratando de desabrocharme el cinto. Me toca hacer el papel del que se opone.

Fue mi último recuerdo antes del estrépito.

El ascensor del Someillán acababa de desprenderse con nosotros dentro.

# III

Vivíamos en el centro de un pueblo que había despuntado cuando los americanos intentaron construir, sobre las cenizas de la guerra hispanocubana, un emporio próspero, en medio de una raza demasiado mediterránea, demasiado africana, demasiado mezclada a fin de cuentas, para que un día llegase a sacar provecho de las normas del progreso, de la férrea disciplina del capital o de la lógica de los anglos en su insaciable afán de orden. Antes de que los americanos fundaran la Yunai, deformación fonética del título mucho más ostentoso de United Fruit Company, unos colonos descendientes de franceses, los Dumois, habían intentado sacar frutos de aquella tierra. Fue en vano. Las dos guerras contra España dieron al traste con las pretensiones de aquellos emprendedores comerciantes cuyos ancestros habían huido, un siglo antes, de la revolución de negros en Haití. Entre revueltas y revoluciones la familia se había desparramado por el Caribe, desde Santiago hasta Baracoa pasando por Nassau y Nueva Orleáns.

Las casas eran de madera, elegantes, precedidas de corredores protegidos por telametálicas que repelían los insectos. Muchas estaban construidas sobre pilotes. En épocas de excesivo calor el frescor se mantenía, el aire circulando por debajo, colándose por hendijas a veces imperceptibles, entre los listones que constituían las paredes y el suelo. Visto desde cualquier ángulo, con sus techos de zinc pintados de rojo oscuro, el pueblo imitaba una de esas escenografías de películas de *western*, en la que sólo faltaban los pistoleros, aunque a decir verdad, abundaban caballos y carretones entre las nubes de polvo que levantaban al pasar cuando pasaban días sin llover.

En el centro, los portales se definían por medio de anchos barandales de maderas torneadas. A cada uno correspondía un color. Con el frescor del atardecer, cada familia sacaba sus muebles. Las conversaciones y los chismes flotaban entonces de casa en casa al ritmo de las mecedoras. En dos de los extremos opuestos, sendos parques, con una glorieta entronizando a cada uno, regalaban a los niños horas de éxtasis, aunque también servían de refugio a los ancianos, quienes de noche se sentaban en los bancos para encaracolar recuerdos.

Una de mis distracciones tenía relación con el pasado. La tía Norka la llamaba «el juego de las nostalgias» y consistía en deambular agarrado de su brazo, oyéndola decir, como en una letanía: «aquí hubo». «Aquí hubo una vez una farmacia, la del doctor Romero», «aquí hubo un hotel, La Campana, y luego se convirtió en un tren de lavado mantenido por chinos», «aquí hubo en otros tiempos un bayú, el de Kike y Marina». «¿Y qué es un bayú?», le preguntaba a ver si mordía.

«¡Ay, verdad que eres muy chiquillo para entender esas cosas!» Y seguía citando de memoria, edificio tras edificio, los nombres de familias que ya no estaban, las joyerías, bazares, boticas, casillas, bancos, todos los negocios desaparecidos, sin sospechar que hacía rato yo sabía, porque mi padre me lo había dicho, que un bayú era un lugar en donde los hombres iban a hacerles cosas malas a unas mujeres que aceptaban dinero por complacerlos. Mi padre, por supuesto, se lamentaba de que ya no existiesen los bayuses.

—Aquí vivían las Lagunas —decía la tía señalando un portal revestido de una telametálica que pedía a gritos la cambiaran—. Decentísimas mujeres con grandes dones de acuarelistas.

Y unos metros después:

—Aquí hubo una vez una tienda llamada La Casa Inclán, adonde acudían los hombres que estaban siempre a la moda. ¡Y allí, el Royal Bank of Canada! —moviendo los dedos como castañuelas invisibles que imitaban el chasqueo con el que se evoca el dinero.

En vez de los paseos del «aquí hubo» prefería que me llevara a la represa de La Musén, donde pescaba guajacones, o a la loma de La Campana, repleta de polymitas que se escondían debajo de la hojarasca. Era preferible incluso acompañarla durante sus visitas al padre Merio, el párroco de la iglesia, porque al menos me entretenía saltando de banco en banco o ayudando a las canchanchanas del cura a darle túmbler a los muebles, pues me volvía loco el olor de aquel líquido blanco con el que hacían brillar la madera.

Del pasado, antes próspero, sobrevivían vestigios. Las casas, más mal que bien retocadas, se mantenían en pie. También el antiguo hospital de la Compañía que ahora se llamaba Nicaragua como el central azucarero; el gran almacén de ropas y víveres condenado a desaparecer en poco tiempo bajo las llamas voraces de lo que se dijo había sido un acto de sabotaje en contra del gobierno; alguno que otro club de recreo, con altos portales precedidos por columnas al estilo de las grandes plantaciones de Luisiana; las calles asfaltadas con placas de concreto tan resistentes que no dejaban excavar en ellas; y hasta el alcantarillado, motivo de envidia de todos los pueblos de la provincia que no poseían un sistema moderno de desagüe.

La cacareada miseria del pasado, de la que hablaban siempre en todas partes, sólo existió en un barrio de arrabal llamado La Güira, en donde se habían sedentarizado, luego de muchos viajes de ida y vuelta, los braceros haitianos y jamaiquinos, jornaleros temporeros de los predios de la abolida Yunai, durante la época en que duró su hegemonía en la zona. Para aquellos antiguos cortadores de caña, los viajes entre las islas de donde eran originarios y la nuestra también habían terminado. Ahora estaban tan atrapados como nosotros en la nuestra por la propia Historia.

Con la gente de aquel suburbio marginal se formaba, en gran medida, la conga, la misma que tanto me gustaba y que en una de mis pesadillas había quedado atrapada en un callejón sin salida. Los negros de La Güira, libres de moverse antes de una isla a la otra en busca de trabajo, se preguntaban si no hubiera sido mejor continuar en la precaria situación en que vivían en sus países antes que poner fin a lo malo del pasado a cambio de unas pocas mejorías que pagaban a precio muy alto con infinitas carencias diarias.

—¡De allá! —afirmaba la tía poniendo muchísimo empeño en apuntar hacia el este con el dedo índice que trazaba una parábola perfecta hasta detenerlo en el aire cuando creía dar con el punto cardinal que indicaba—. De ese barrio vienen esos —continuaba enfurecida, despectiva, batiendo de canto en el aire la palma abierta de su mano, señalando hacia la calle por donde pasaba, varias veces en el mismo día, la conga que precedía siempre al carnaval.

Ese punto misterioso situado «allá», lo imaginaba poblado por duendecillos, que en las historias de brujos y espíritus se llamaban güijes, apariciones en forma de niños diabólicos, a veces juguetones y traviesos, escondidos en los troncos de frondosas ceibas, otras bailando al compás de canciones en la lengua de sus ancestros en la orilla de los ríos. Había visto en revistas que conservaba Jo a las mujeres de ese barrio, plantadas delante de las puertas de sus casas con escobillones de palmiche con que barrían el suelo, las tetas arrugadas de amamantar tanta prole colgándoles del pecho como calabazas deformes. Gente a la que la tía, como toda la familia, recriminaba abiertamente, sin disimular su desprecio. Y luego, cuando los necesitaban, cuando se les hacían imprescindibles, no se andaban con remilgos y recurrían a ellos buscando remedios que acabasen con

60

las enfermedades que la medicina científica no curaba. O contra dolencias de las que se decía que no las remediaba ni el médico chino. Cuando llegaba el momento de acudir a los negros curanderos, la casa se poblaba de palabras misteriosas, tan sonoras que al pronunciarlas parecían el ruidillo de sonajeros al viento. Caisimón, apasote, vetiver, ruda o albahaca, nombres convertidos en cataplasmas, macerados en pomadas, en sinapismos o en ungüentos que ahuyentaban al espíritu maligno que pretendiese enseñorearse del cuerpo en forma de fatídica enfermedad.

¿Quién iba a arriesgarse a explorar semejante barrio? ¿Quién se atrevería a llevarme a mí, un culicagado, como se decía de un menor sin voz ni voto, a pasear por un lugar así?

De lo que no se hablaba mucho en casa, ni en ninguna parte, era de que en aquel mismo barrio de negros había nacido, pasado su infancia y vivido parte de la adolescencia, el último presidente medianamente elegido que tuvo la isla. Electo sin trampas la primera vez por la mayoría y usurpando el poder la segunda con un sonado golpe de Estado. Sus detractores —la propia tía entre los más feroces— seguían diciendo que había sido un escarnio para el país que un hombre de orígenes tan modestos, de raza tan dudosa, se hubiese convertido, a fuerza de empeño, astucia y quizá talento, en la persona que los tendría a todos en un puño durante casi treinta años. Un hombre, que de tan poderoso lo llamaron «el Hombre» a secas, aunque también «el Hombre Fuerte de Cuba». Y no porque siempre hubiese liderado el gobierno, pues en realidad sólo tuvo dos periodos de cuatro años y un tercero inconcluso, sino porque sin estarlo todo el tiempo era quien realmente mandaba, decidía y controlaba todo, porque ser amo y señor del Ejército era tener en jaque a cuanto presidente fantoche saliese electo.

«Sí, lo que tú quieras», ripostaba agüe Rosa, que apoyaba a Fulgencio Batista hasta la médula, «pero la primera vez que gobernó lo elegimos nosotros por mayoría y muchos beneficios que trajo a este pueblo».

Se decía que «el Hombre» era un mulato, hijo bastardo de una negra que lo había tenido «por ahí» con un blanco. Aquella mitología sobre sus orígenes inciertos buscaba desacreditarlo desde la mismísima cuna. No faltaba quien añadiera que su inscripción de bautizo y la de nacimiento en el Registro Civil habían sido falsificadas bajo sus órdenes por un eficaz restaurador de Roma, capaz de rectificar de un plumazo su bastardía intercalando una hoja falsa, con idéntica tinta y escritura que el desaparecido original. Ya no era Fulgencio Zaldívar, el hijo natural de su madre Carmela, sino el de Belisario y Carmela, condición inviolable para poder ocupar el cargo de honorable presidente de la República.

Unos justificaban el color aceitunado de su piel alegando que el padre tenía orígenes sicilianos, ya que el presumido progenitor tenía a Palermo como segundo apellido. Puras pamplinas que alimentaban incluso los descendientes del dictador por no haber sabido nunca dar una explicación coherente a sus propios orígenes. Nada de aquello era cierto. Los rasgos de aquel hombre, lo supe mucho después indagando en las parroquias en que habían sido inscritos también los ancestros de Jo y de agüe Rosa, eran los de su madre, heredados de los indios taínos, primitivos habitantes de la isla. Muy numerosos en la región, donde formaron un cacicazgo que llegó a ser de los más importantes del Caribe antes de la llegada de Colón, los taínos vivieron entre las lomas del Maniabón, al pie de la Silla de Gibara, en la costa norte de la provincia. Existía inclusive un caserío muy cerca del sitio donde había sido bautizado Batista que se llamaba el barrio de Los Zaldívar. De allí era la madre de «el Hombre». Y ella, como todos los de ese lugar, tenía facciones aindiadas, algo que la gente por ignorancia confundía con los indicadores de la mulatez. Sacando bien la cuenta, por descender de genuinos aborígenes, aquel hombre tenía, sin necesidad de mutilar el libro de inscripciones, sobrados derechos a la presidencia. Pero esas cosas, dejémonos de cuentos, no valían de nada antes.

Tampoco se decía que gracias a los beneficios colectivos que los americanos trajeron al pueblo con la Yunai, sus leyes estrictas y códigos de vida, Batista, el hijo de aquellos desclasados, pudo instruirse, no sin grandes esfuerzos y una voluntad acérrima de su parte. Así escaló de simple peón de campo, narigonero o arriero, a maestro ferroviario, de soldado raso, a guardia rural, en una carrera siempre ascendente, en la que el sargento taquígrafo se convirtió en sargento, más tarde en coronel y, por último, en jefe del Estado Mayor y del Ejército, grado del que sólo un paso lo separaba del codiciado sillón presidencial. Ascensión que dejó a todos boquiabiertos, tan fulgurante como la de los famosos condotieros italianos que de mercenarios o bandidos llegaban a bersaglieros o caballeros, y culminaban ennoblecidos por los propios duques u ocupando el mismísimo trono pontificio, gracias al pavor que infundían a quienes no tenían otro remedio que concederles prebendas y títulos para no verse desposeídos de los suyos.

Aquella era, según Jo, una tierra propicia para la mala yerba. Cerca de allí nació también, a apenas veinticinco años de intervalo, «el otro Hombre», al que llamaban también de otras mil maneras: «el Caballo», «la Bestia», «el Tiranosaurio», «Armando Guerra», incluso «Patrón de Prueba», «Barbatruco», «Comediante en Jefe», «Patilla», y como decían que casi nunca se bañaba, «Bola de Churre», hasta agotar las posibilidades de apodos ofensivos o admirativos, que inventaba el ingenio popular. Oprobiosos nombretes con los que se deseaba compensar la impotencia de tener que aguantarlo sin que se vislumbrase en el horizonte la manera de librarnos de él.

Aquel nuevo iluminado del Poder absoluto nació también en la región, azar que ante los ojos de Jo no lo era tanto, sino más bien la consecuencia de que ambos habían comido de los mismos plátanos, los famosos bungos, salidos de las primeras cepas traídas de Haití por los Dumois, embrujadas por el vudú, y culpables de nuestra mala suerte en materia de política. También se añadía a los nombretes el de «Mancha de Plátano», que sólo los de Banes conocían y utilizaban. Con el tiempo llegué a pensar que la maldición de nuestros malos gobernantes no era más que un castigo merecido, el pago por tanto indio aniquilado durante los primeros años de la Conquista, por tanta mujer maltratada, expuesta a la bravuconería de los hombres, a sus complejos y a las ambiciones derivadas en guerras.

El segundo mandamás no era, ni de lejos, mejor que el anterior. El primero, con tal de que no le buscasen mucho la lengua, dejaba que cada cual viviese, robase, comiese, viajase o hiciese con su vida lo que quisiese. Todo eso a condición de que el que más robase fuese él. En cambio Mancha de Plátano, que padecíamos hacía ya dos décadas, comía una barbaridad, viajaba muchísimo, vivía como un maharajá, pero no dejaba que nadie lo imitase. «Con el primero no mendigábamos qué echar en la cazuela», decía bajito agüe Rosa. «¡Concho, si es que antes ibas al Radar y comprabas el barreno del tamaño que quisieras por unos pocos reales!», remataba Jo cuando le costaba Dios y ayuda adaptar a los taladros de su labor las piezas adquiridas veinte años atrás en aquella ferretería.

Oía decir que el padre de aquel nuevo Mesías había sido un gallego muerto de hambre que supo hacer fortuna a costa de la ruina de las grandes familias de la zona, empobrecidas, embargadas y muchas exiliadas, después de dos guerras contra España. Al parecer, las ínfulas de gran terrateniente las traía el viejo de Galicia, pero pronto se vio frenado por el poderío imparable de la Yunai, encargada de regular o sobornar los títulos de propiedad, poniendo coto a quienes como el gallego querían agrandar sus terrenos hasta el mar. Y no es que la Yunai fuera mejor ni peor, sino que al menos daba trabajo a miles, mientras que aquellos peninsulares recién llegados querían hacerse ricos en dos días sin tomarse el trabajo de aprender las costumbres de la tierra que los enriquecía.

Todas aquellas circunstancias económicas e históricas hicieron que Batista creciera bajo la admiración y respeto de los americanos, agradecido porque el imperio de la Yunai le hubiera enseñado la disciplina y el orden; mientras que Mancha de Plátano lo hacía bajo el rencor de quien aborrecía a los ojiazules del Norte, capaces de impedir, con sus leyes o trampas, que gente como su padre se enriqueciera de lo lindo a costa de desmanes. Ambos, nacidos bajo el mismo cielo y situados en las antípodas del destino. Ambos, sin importarles mucho el destino del pueblo. Los dos, perfectos confiscadores del ritmo de la nación durante más de medio siglo y, tal como pintaba la cosa y se veía en el tiempo que vivíamos, por mucho tiempo más. O como decía la tía Norka refiriéndose a los años que llevábamos padeciendo a hombres como estos: «¡A sentarse que esta bola pica y se extiende!».

Por eso sentía que la isla era un cuerpo de mujer maltratada, un cuerpo sufrido y atormentado, condenado a huir siempre del exceso de virilidad, de su consiguiente crueldad, obligada a enmendar la violencia de los hombres, incluso en el ámbito de cada hogar. Una isla castigada por el machismo, por la más absoluta irracionalidad y el deseo primitivo de probar la hombría a expensas de la tierra, martirizándola, sometiéndola a infinitos suplicios, burlándose de su extraordinaria sensualidad, de su dulzura, de todo lo que pudiese recordarle a ellos, los machos-remachos, que no eran más que hijos de mujer. De aquella trampa no pudieron huir la Paca, agüe Rosa, ni la tía, como tantas otras. Mamá buscaba desde hacía días el manojo de llaves de sus maletas y yo intuía que de aquello dependía nuestra salvación, que con las llaves se cerrarían las puertas que podían protegernos no sólo de los caprichos y la volubilidad de mi propio padre, sino también de las ganas de mandar de todos los hombres de la tierra.

No todo debía ser reducido a hombres pavorosos. Ese clima hostil, esa atmósfera de testosterona a flor de piel, a veces provocaba auténticos milagros. No lejos de la casa había nacido también un gran poeta. ¡Ah, qué versos tan delicados! ¡Qué manera de hablar de su infancia, de evocarla como si fuese una barca de colores abandonada en una playa, a merced de las olas, como si se tratara simplemente de esa edad en que más se le teme al frío!

[...] *vivo para siempre a ese inocente niño / porque garabatea incesantemente palabras en la arena / y no sabe si sabe o si no sabe / y asiste al espectáculo de la belleza como al vivo cuerpo de Dios...*

¡Y ese miedo casi tangible a que las olas de la playa nos borren los recuerdos!

¿Quién se acordaba del poeta? ¿Quién de la tierra imaginaria que soñó, de las aldeas de caneyes donde, acuclillados, los viejos de la tribu, los más sabios, contaban las leyendas olvidadas del cacicazgo Baní, de la tierra prometida de muchos, extinguida para otros? El poeta quiso vivir en la piel de aquellos aborígenes. Se elevó, y tanto, que terminó colaborando... con el Hombre. Los intelectuales nunca se lo perdonaron. Ninguno entendió que tal vez se sentía identificado con el dictador por compartir similares cuna, origen y raza. Un poeta serio no debía coquetear con el poder. Aquello era imperdonable. Él no sólo coqueteó, sino que hasta firmaba de su puño y letra grandes loas a Batista en el diario más prestigioso del país y de todas las Américas, el de la Marina.

Nuestra vida estaba marcada por todos esos hombres. Seres con dos pies, cabeza y brazos como nosotros, tan mortales como yo, tan expuestos al destino como cualquiera, pero llamados, por designios misteriosos, a hacer de nosotros lo que les diera la gana. La calle que pasaba frente a la casa llevó durante mucho tiempo el nombre del primero de ellos. La tía se hinchaba de orgullo al contar que al pasar la caravana presidencial frente al portal se volteaba, en señal de protesta, dándole la espalda. «Intenta hacer lo mismo ahora cuando pase, ¡si es que pasa!, Mancha de Plátano, que ya verás en donde terminarás», se burlaba agüe. La tía se defendía diciendo que aquel bandolero había tenido el descaro de asfaltarla con concreto, como ninguna calle de otro pueblo o ciudad de la isla, para ponerle luego su propio nombre. «Por lo menos la asfaltó», la interrumpía Jo que se ponía de parte de su esposa, «que este de ahora terminará abriendo huecos para enterrarnos después de que termine de matarnos de hambre».

La Güira era entonces el lugar de mi imaginario, el mismo de donde salían los estribillos de la conga, aquella que decía: *aé, aé, aé, la Chambelona, Batista no tiene madre, porque lo parió una mona*, quién sabe si para vengarse del hijo ingrato que tan poco se ocupó de ellos, el mismo que detuvo el asfaltado de la calle en el umbral de su barrio, huyendo tal vez de sus malos recuerdos.

Es difícil desentrañar el mundo en que nacemos. El mío era ese. Enmadejado. Barroco. Sinuoso. Sobre todo, escurridizo. Nací demasiado tarde para correr la misma suerte que los primitos del Norte, como llamaban siempre a los Estados Unidos, que aparecían en las fotografías que la Paca conservaba en una voluminosa caja de zapatos en el fondo de su escaparate. Metía las manos y sacaba de allí sus caras sonrientes, las de seres de otro mundo. Sus poses eran naturales y me decía que parecían disfrazados más que vestidos. Contemplaba incrédulo a toda aquella parentela desconocida y me costaba trabajo creer que pudiera unirnos la sangre. Detallaba sus rostros rosados que ni con el mejor colorete del armario de la tía hubiera podido imitar, sus pieles perfectas, lejos de carencias, sobresaltos, dudas y miedos. Los contemplaba con roña, tal vez despecho, pues sabía que mi madre había perdido la oportunidad de colocarme en una caja similar. Y sin que la Paca se diera cuenta, incluía mi propia foto, y otra en donde aparecía con la tía sentado en la defensa de la vieja locomotora «el Panchito», con la esperanza de que por efecto de contagio termináramos del otro lado, allá donde la ropa daba a todos un aire de cosmonautas y las cartas despedían el aroma de perfumes sutiles. Ese mítico lugar en donde «había de todo y no faltaba nada», según la opinión de toda la casa.

Mamá era un objeto anacrónico en el pueblo. Inconscientemente o no, se cambió de bando, y ahora lo pagábamos muy caro. Su casa en la capital había quedado al cuidado de dos mujeres que eran «como de la familia»: María de la Luz y Regla, quienes trabajaban en el servicio desde los tiempos de la abuela Carlota, la madre de Erlinda, o sea, la abuela materna. «Allí nos esperan, hijo, comodidades que no imaginas, a condición, por supuesto, de que aparezcan las malditas llaves.»

Una casona en otro mundo que no dejaba de aterrarme, que mi padre describía como un lugar fantasmagórico, donde languidecían mansiones que fueron elegantes, penetradas ahora por las ramas de los árboles que se colaban por sus puertas y ventanas, invadiéndolas por cada hueco que el desgaste y el abandono abría. ¿Cuántos muertos habría debajo de las camas de la casa de mamá? ¿Qué cara pondrían cuando apagara la luz y corriera hasta ellas? ¿Me contaría María de la Luz, como me contaba la Paca, sus despechos de mujer abandonada? ¿Quién jugará allá conmigo a los «aquí hubo»?

Miedos de la infancia que nunca nos abandonan, a veces agazapados, disfrazados o escondidos para que no los reconozcamos. Sensaciones indefinidas que comienzan como una bola en la boca del estómago, una opresión en el pecho, un gustillo amargo en el fondo de la garganta, y no nos abandonan nunca más, hasta el final de la vida.

No había llegado yo todavía al mundo cuando la señorita Erlinda puso sus pies en la tierra donde vivía mi futuro padre, sentada al timón de su descapotable rosa mexicano, un Cadillac Biarritz, último modelo del año 1959, vendido con un año de anticipación en los concesionarios de La Rampa habanera. Un escándalo de carro que conducía con la frescura de una estrella de Hollywood a lo largo de Sunset Boulevard. Así rodaba, me imagino, contemplando, entre admiración y asombro, el paisaje ligeramente accidentado, profundamente verde, del norte de aquella provincia oriental. Basta conocerla para adivinar que cuando descubría un platanal al final de una curva, unos bohíos, una yunta de bueyes, cosas que sólo había visto en fotos de los campos de la isla, lanzaba gritos de emoción y hurras de excitación. ¡Qué deliciosa aventura! ¡Cuánto podré contar a los amigos aburridos e insípidos del club cuando termine la sagrada misión de la campaña de alfabetización! ¡Qué maravilla, Goyo, qué maravilla!... ¡La muy cretina!

El Cadillac avanzaba tragando verde, mamá oronda, enfundada en un elegante traje sastre de Chanel, de los últimos que se vendieron en la lujosa tienda del Encanto. En el maletero las cinco maletas Lancel de exquisita factura. Por ahí, fuera de la caja de la Paca, sobrevive una foto de su llegada a Boca de Samá, un humilde caserío pesquero adonde la mandaron a enseñar a leer y a escribir a guajiros analfabetos. En un país donde todo el mundo solía hacer el viaje de Oriente a Occidente, para ver si de Occidente, donde estaba la capital, se lograba saltar al extranjero, ella, siempre en contra de la corriente, decidió emprenderlo a la inversa.

Le había hallado al final un sentido socialmente útil a su vida. ¡Adiós, frivolidades! ¡Un norte, una luz, un viraje radical, para no sentir que la esterilidad se la comía viva! ¡Qué romántico alfabetizar a guajiros iletrados, instalarse en parajes desconocidos, andar por caminos inexplorados! Se entregaba a su tarea más por deseos de rebelarse contra la felicidad que —como a toda niña de buena familia— le había caído del cielo, que por vocación altruista. ¿De qué servía quedarse en casa, entre jaiboles y sodas *frappées*, asistiendo a cocteles entre amigos, si la verdadera vida la esperaba al final de este largo caimán verde llamado Cuba? ¡Se imaginan la emoción de enseñar a la luz de un candil, o como le llaman allí, de un mechón, a guajiros de manos más ásperas que la piel de un cocodrilo! ¡Lo aburridos que deberían estar en ese momento, encorbatados hasta las narices, sus hermanos, cuñados y todos esos amigos que habían escogido el camino de Washington, DC! ¡La que se estaban perdiendo, ellos que nunca durmieron en una hamaca bajo el cielo estrellado, balanceándose entre dos árboles, y el corazón en un pálpito en medio de la noche!

*No sé cómo llegué hasta aquí. Soy joven. Debo creerme eterna porque hasta ahora la vida me ha sonreído. La naturaleza, su verdor impúdico, las olas, sus crestas, el viento tocando melodías en los pinares. Me emborracho de tanta dicha, aunque ni yo misma sepa qué hago, ni qué busco. Creo que he respondido a un instinto, a una voz muy profunda, a un deseo reprimido de lanzarme a dar brazadas en el océano de lo desconocido. Sé que he venido huyendo de cosas que nunca he podido definir. Creo que he querido desprenderme del peso de la familia, de la mía que ha envejecido con la misma intensidad que las ideas y las normas de la vida que reivindicaba. Me he sacudido siglos de hipocresía, de sonrisas fingidas, de convenciones absurdas, de no tener nada que crear porque ya todo había sido creado, sin esperanza de que pudiera un día cambiar la mole de perfecta armonía que me legaban. Huyo de mi propia imagen de colegiala pulcra, la misma que me devuelve invariablemente el espejo cada vez que me asomo a su luna. De la mentira que fue la vida de mis abuelos, mis padres, hermanos, sobrinos. También de las leyes del clan, nunca decretadas, pero tácitas. Quiero respirar el aire puro del mar, sin máscaras, ni pócimas que me cubran mis poros. Quiero aspirar toda la isla por mi piel, bebérmela entera, volar de noche, al aire libre, bajo sus estrellas. No deseo rendir cuentas a nadie, ni agradecer nada, ni sentir que lo que tengo no me pertenece. Sueño con el vértigo que provoca avanzar en medio de tinieblas, valiéndome por mí misma, sin padre ni hermanos mayores que me auxilien, que abran puertas que luego saben cerrar, como todo lo que se ofrece por obligación o piedad. No deseo más la severa mirada de los hombres de casa, ese ojo duro y frío que hiela y petrifica, porque cualquier pregunta tiene una respuesta calculada de antemano, cualquier acto, un dictamen inexorable. No quiero que me den todo a cambio de repetir los mismos gestos de mi madre, de mis abuelas, de las tías. Tal vez por ser la más joven de todas he querido desprenderme de todo. ¡Que huyan ellas y se entierren en vida con sus maridos perfectos! ¡Que se lleven los apellidos, las galerías de cuadros exhibiendo ancestros ennoblecidos más por las leyendas que por verdaderos méritos o hazañas! ¡Que se llenen de paciencia si quieren esperarme del otro lado! Ya tendrán tiempo de elogiarme cuando regresen, cuando vean que sola he logrado lo que ninguno de ellos imaginó nunca. Ya tendrán tiempo para repasar sus vidas. De lamentarse por darnos la espalda en este momento irrepetible.*

¡La pobre! La que no tuvo tiempo para darse cuenta de cuándo aquel juego se volvió una pesadilla fue ella. Ni volvió a escribir más nunca una línea en su diario. El entusiasmo del inicio se transformó en simples preguntas: qué como hoy, dónde encontraré a un mecánico o la pieza para que arranque el dichoso Cadillac, cómo repongo los tacones gastados de mis zapatos. Y miles de penurias más de las que hasta entonces ignoraba todo.

En aquellos días anotó en el cuadernillo lo último que escribió mientras vivió en Oriente. A medida que iba alfabetizando a los guajiros, descubriendo la realidad del pasado y del presente de la isla, la cara triste de ese mundo, perdía también las ganas de dejar constancia del descubrimiento.

Sólo anotó después concisas frases que describían las actividades diarias. Por las mañanas ayudaba a la familia que alfabetizaba en las faenas de la pesquería. ¡Ella que nunca se levantó antes de las doce! Aprendió a distinguir a los peces por sus nombres corrientes, a escamarlos, también a atizar los carbones bajo las parrillas, a escoger los alimentos que engordaban más rápido a los cerdos, y los que resultaban de más provecho para las aves de corral. Cuando anochecía daba clases de lectura a unas cinco familias más. No era la única en aquel sitio. A Boca de Samá había sido asignada también Rosaura, una maestra de las escuelas públicas de Bayamo que la miraba con recelo, tal vez porque los modales de mamá eran los de una joven habanera educada en el colegio al que pocas muchachas podían aspirar. A Rosaura llegaba a molestarle hasta la fineza con que ella trataba a los cerdos.

—¿Tanto le gustan las estrellas? —así empezó todo, con un sobresalto y la imagen inesperada de un joven apuesto. Venía enfundado en un traje verde olivo de reservista del Servicio Militar y aunque le quedaba un poco ancho dejaba adivinar su cuerpo atlético.

—Nunca antes había tenido la oportunidad de ver estrellas tan brillantes —le respondió, ya repuesta del susto, aparentando naturalidad, ignorando que la sonrisa zalamera del intruso apenas disimulaba su condición de donjuán nato.

—Juanjo me dicen, para servirla, acompañarla y guiarla todo lo que disponga y mande.

Anotó un último párrafo en el cuadernillo. Una nube cubrió la luna aquella noche. Una nube inmóvil que apagó la lámpara del cielo.

*El oleaje suave rompe en las rocas de la caleta, allá abajo. Los prejuicios saltan al mismo tiempo que las prendas. Juanjo dejó su pistola a buen resguardo entre el tronco y la rama de una mata de guácima. El amor se desprendió de la más brillante de todas las estrellas.*

## IV

El Solenodon venía por el soportal del cine Infanta. Balanceaba una jaba de cuadritos rojos y azules, tipo guinga, pero de un material similar al hule, aunque más brillante. Intenté escabullirme detrás de la humareda que dejó al arrancar un ómnibus de la ruta 30 con gente enganchada del bordecillo de las ventanas, los pies aferrados al cintillo metálico lateral del vehículo.

El chofer aceleró de golpe, se llevó la luz roja de la esquina de la iglesia del Carmen dejándome al descubierto. La muralla de humo protector se disipó, no tenía más remedio que asumir el encuentro con el compañero de la Jutía. Ya me hacía señas desde la acera opuesta, levantaba el bolso como un agente de tráfico lo haría con una paleta multicolor, remedo de semáforo. Su mirada de láser me reconoció a pesar del humo persistente.

—¡Dichosos los ojos! —me saludó con besos sonoros y atropellados, esa manera de besar que tiene la gente de la capital, apenas sin rozar las mejillas—. Me han dicho que la Sombra anda con el moco caído. Fui a llevarle unos tamalitos que hice y que, dicho sea de paso, bastante trabajo que me dieron, porque ya tú sabes que aquí si no falta el maíz, falta el relleno, o si no la grasa y hasta la sal, o se va la luz, pero ni los miró.

—¿Y qué tengo yo que ver con eso?

—¡Ay, hijo, a mí con ese cuento! Aquí todo el mundo se entera de todo enseguida. Dicen las malignas (las lenguas, tú me entiendes) que está así porque te vas de este infierno. ¡Te piras y nos dejas, *bye bye* penurias, *arrividerci* calores, *adieu* las colas para tomar helado! Oye, te lo tenías bien calladito. ¿Así que te *nos marchitas*? ¿Te nos vas?

«Nos.» ¡Como si nos viésemos todos los días, o fuésemos íntimos! La Sombra a cada rato pasaba por su casa, yo nunca. No me gustan esos roedores urbanos. Si el Solenodon sabía que me iba, a estas horas la noticia debía haberle dado la vuelta a La Habana. Del bolso que seguía balanceando sobresalía la parte alta de un termo, uno de esos recipientes cuya tapa voluminosa sirve también de vaso.

—Es guarapo. Si quieres te doy. Me lo acaba de llenar Euforia, mi amiga de la cafetería Manzanares, la de Carlos III e Infanta. De allá vengo. Yo soy de los que comparte todo, así que si te vas del país no me olvides, lo que vayas a dejar, lo que sea, nos viene muy bien. Hasta un par de zapatos por remendar. Aquí lo que no usas lo revendes o lo truecas o matas un regalo que necesites hacer.

Llevaba una camisa con rayas y un pantalón a cuadros. Peor combinación no existía. Desde las ventanillas de los ómnibus le gritaban a cada rato: «¡Pájara, estás fajada!». No digo yo. A quién se le ocurre ponerse una pieza de cuadros con otra de rayas. Eso en Cuba significa «estar fajado». Al Solenodon no le preocupan esas cosas, al punto que ni siquiera se ofendía cuando le gritaban improperios.

—¡Qué falta de todo a la gente de este país! —se lamentó sin dar reales muestras de sentirse ofendido— ¡Tienes una suerte con irte! Bueno, no tengo que decírtelo...

—Chico, lo que pasa es que estás muy afocante con esa ropa. Nada más te falta una peluca roja y nos acribillan a tomatazos y huevazos en plena calle.

—¡Ay, ojalá nos tirasen huevos! ¡Con lo escasos que están! Soy capaz de atraparlos en el aire antes de que se escachen.

Yo había previsto echarle un vistazo a la exposición que acababan de inaugurar en la galería Talía del edificio Retiro Odontológico. Unos estudiantes de la escuela de Bellas Artes de San Alejandro estaban armado tremendo revuelo con las obras que exponían. Titularon la muestra *Nueve alquimistas y un ciego*. Un retrato gigantesco del Che Guevara ocupaba todo el suelo, de modo que para ver las obras colgadas en las paredes del fondo había que caminar sobre su cara, pisoteándole la barba al guerrillero heroico. El día de la inauguración, los nueve alquimistas, o sea los pintores, se disfrazaron de policías. Los espectadores éramos los ciegos, que por querer ver el resto de la muestra teníamos que pasarle por encima al argentino.

Los artistas decían que la obra era polisémica, que en realidad lo que querían decir era que llevábamos años ultrajando la memoria y legado del Che, que nadie lo honraba suficientemente porque se había perdido la conciencia socialista. Todo aquello era un cuento bien armado. En realidad se estaban cagando en él. De todas formas los pintores habían dejado de pintar desde hacía rato. Ahora todos eran «artistas plásticos», conceptuales, cualquier cosa caía en esa categoría. Hasta el Solenodon, con esa indumentaria, aquel bolso de cuadritos que zarandeaba sin parar, su peinado de electrocutado, lo que se decía «un coño vestido de carajo», podía convertirse en una performance ambulante con tal de que un espacio artístico lo acogiese. Si se había perdido el respeto por el arte, de qué servía que estudiáramos su historia.

—Chuchi, se me acaba de ocurrir algo. Antes de irte me dejas tu libreta de racionamiento. Hasta que *ellos* no se den cuenta de que no estás podré seguir cogiendo tu cuota de alimentos o lo que nos den.

¡Dios de todos los cielos, cuánta razón tuvo Leocadia en levantarse del cine! ¿Qué mortal puede aguantar a un individuo como este?

—Chuchi, por favor, no vayas a cometer el crimen de olvidarte de la libreta, mira que soy capaz de encaramarme en el avión y ¡zas! te ahorco antes de que te vayas para Miami.

Deshacerse de un roedor es tarea encomiable, ya lo sabía por quienes habían tenido que luchar para sacar a un ratón de sus casas. Mejor ni le decía que quería pasar por la funeraria Rivero, en donde trabajaba ahora De Chirico maquillando cadáveres desde que lo expulsaron de la Universidad. Esta lapa sería capaz de pegárseme, sólo por ver qué encontraba de comer en la cafetería de la funeraria, lo que fuera con tal de seguir echando vituallas en su bolso. Lo único bueno de su obsesión por buscar comida era el brindis que ofrecía cuando había coctel de inauguración de una exposición de la Jutía. Todo el mundo iba que se mataba, no por la pésima obra del pintor, sino por los manjares que el Solenodon exhibía, desde caviar, que conseguía traficando con los técnicos rusos del reparto Náutico, hasta quesos franceses que se robaba de las recepciones de la embajada de Francia en las que se colaba por ser amigo de uno de los cocineros.

—¿Niño, dónde es el fuego? ¡Me llevas al trote!

—Óyeme, si no te conviene mi ritmo, entonces abur. ¡Y para de seguir recondenándome con la cabrona libreta!

—¡Alabao! ¡Qué mal hablado...! Qué va, tú y la Sombra están graves. Te dejo porque ya veo que no es tu día. Eso sí... En fin, tú sabes... Aquello que te pedí. No se te olvide, pipo. Que me encaramo donde te dije y ya sabes de lo que soy capaz...

«¡Sacaron coles en el Ekloh de 17!», gritó una mujer desde el balcón de un edificio de la calle L frente al que estábamos pasando. Ni se despidió. Salió como una flecha detrás de las anunciadas coles.


De Chirico estaba desenrollando la reja metálica de la cafetería de la funeraria. Aunque su trabajo era maquillar cadáveres, cuando la morgue estaba vacía le asignaban la cafetería.

—¿Quién pare? —le dije por todo saludo.

De Chirico me llevaba unos diez años, era de la generación anterior, la del «down». Pintores, músicos, cineastas, gente talentosa que se había malogrado viviendo uno de los peores momentos de nuestra historia. De jóvenes tuvieron que recoger café, sembrar y cortar caña, cavar trincheras todos los domingos por si acaso el imperialismo nos invadía, marchar como trastornados mañana, tarde y noche. La policía los detenía y repelaba a los que llevaran el pelo como los Beatles, cuando ese grupo estaba prohibido. A muchos de ellos los metieron en campos de reeducación llamados eufemísticamente Unidades Militares de Asistencia a la Producción, unos gulags bajo cuarenta grados de sol tropical en vez de los menos cuarenta de la Siberia. Creo que a De Chirico le tocó ir a una de esas UMAP, aunque nunca hacía los cuentos. Se había inscrito en la Universidad tardíamente, en eso que llamaban «cursos de noche», para quienes ya no clasificaban en los diurnos. Ahora acababan de echarlo. Huyendo de la «ley contra la vagancia», que metía preso a todo individuo en edad activa que no trabajase o estudiase, se había conseguido el trabajito ese de maquillador de muertos.

—Nadie está de parto. Me invento los anuncios, así salgo un rato a echar humo. El otro día puse uno que decía: SE MURIÓ QUIEN TÚ SABES. Muchacho, la cara que ponía la gente. Primero de asombro, después de felicidad y por último, de decepción, cuando se daban cuenta de que aquello era imposible. Hazme la media hasta el Malecón, quiero fumarme este tranquilo.

Una nube tapó el sol, los dos manifestamos alivio. Aquí hasta el sol es una tiranía. Caminamos hasta el muro del Malecón, frente a la Oficina de Intereses de Estados Unidos, nos sentamos con los pies colgando hacia el mar, sobre las rocas que llamamos dientes de perro embebidas por la lama, la vista perdida en el azul intenso del Golfo de México. Unos pescadores balanceados por las olas, sentados en recámaras de camión, esperaban a que algún pez picase.

—No me explico qué coño podrán pescar.

—Creo que pasan el tiempo. Lo mismo dirán ellos de nosotros sentados aquí. Bueno, de mí dirán que parezco un fantasma, pero de ti todo lo contrario. Se te ve por encima de la ropa que un avión está calentando los motores para llevarte lejos.

¡Otro más! A Solenodon al corriente, media Habana también. Esperó pacientemente mi reacción, como quien sabe que un pestañeo, un temblor de labios, lo que fuera, terminaría por delatarme. Lo que no sabía es que venía a verlo deseoso de contárselo, de pedirle consejo.

—Si lo que vienes buscando es consejo —dijo como si me leyese la mente— no esperes que te quite la idea. Yo mismo no me he largado porque... porque debo padecer el síndrome de Estocolmo. A lo mejor me gusta que me torturen.

—Bueno, aguja sabe lo que cose y dedal lo que empuja, decía mi bisabuela Paca siempre. Creo que es un viejo dicho oriental. Si tú lo dices...

—Ni yo mismo sé lo que creo, o lo que digo. Te aseguro, eso sí, que no tengo a nadie afuera que me reclame. Sólo el miedo a eso que ves ahí —dijo señalando el mar— me paraliza. Nada más imaginarme en medio de la noche, flotando, sin tierra a la vista, se me aflojan las piernas. Me cago.

—No te preocupes... No es duda por lo que vengo, sino un asuntillo de orden práctico. Cosas que sólo suceden aquí.

Ya todos sabían que nos íbamos. Cómo se enteraron seguirá siendo un misterio, porque sólo mamá y yo lo sabíamos. La Sombra se lo imaginaba y sólo se lo habíamos comentado, por corrección, a la tía Norka, nuestro único contacto en Oriente después de que Jo, la Paca y agüe Rosa habían muerto. A mi padre ni media palabra, de todas formas era el culpable de que hubiésemos tenido que esperar todos estos años.

De Chirico no se había atrevido a huir. A huir en el sentido de coger una balsa y largarse porque de cualquier modo aquí nos pasamos el tiempo huyendo de todo, sobre todo del poder, de sus tenebrosos ministerios, de las leyes absurdas, las prohibiciones, la vigilancia. Huyendo hasta de que el vecino no se entere de que hemos estornudado. Aunque también huyéndole al calor, al hastío, a las escaseces, a los recuerdos. Huyendo de miles de maneras. Fugas antes de la fuga mayor, la última, definitiva, anhelada y hasta llorada de rodillas ante todas las vírgenes y todos los santos.

Ahora que tengo pasaporte me lo llevo conmigo a todas partes, por miedo a extraviarlo, a esconderlo tanto que luego no recuerde en dónde lo puse, a que me lo robe cualquiera del grupo nada más que por pasar un buen rato a costa de mi angustia. Aquí un pasaporte es un objeto extraño, sólo tienen derecho a tenerlo quienes salen a cumplir misiones por orden de los ministerios o quienes, como nosotros, nos vamos definitivamente. Lo palpo porque temo que haya resbalado desde el bolsillo delantero de mi pantalón. Esa es mi carta de libertad, aunque sé que de poco o de nada vale si llegado el momento de atravesar la aduana un funcionario decide anular mi salida. Lo palpo de nuevo en lo que contemplo los reflejos de la ciudad en el mar.

Ha sido mi último día de clases, desde ahora no podré asistir a ningún curso en tanto no llegue el día de la salida. La ley impide estudiar o trabajar a los apátridas, a los que renunciamos al privilegio de vivir en esta isla. Mamá renunció a ese privilegio hace rato. Dejó de trabajar hace años. Por suerte nos mantienen los tíos del Norte, los que nunca he conocido. Ellos nos mandan dólares camuflados con extranjeros o gente que viene de visita. Si nos cogen con ese dinero nos meten presos porque también está prohibido tener divisas. Vivimos en la ilegalidad, como todos aquí. Basta un leve patinazo y ¡zas!, adiós viaje, pasaporte, quimeras.

Hay leyes para todo, hasta para impedirte vender tu propia casa, tu carro, tus objetos de valor. En cuanto las oficinas de Emigración aceptan nuestra salida nos mandan a casa a dos funcionarios encargados de inventariar todos nuestros bienes. Cuando digo todos es todos, o sea, hasta los juegos de cubiertos y los utensilios de cocina. Mamá se ha atrevido a vender unos cuadros de maestros de la plástica nacional que se considera forman parte del patrimonio de la isla. Los cuadros, como todo el resto, son nuestros pero no lo son al mismo tiempo. Se apresuró en deshacerse de ellos antes de que nos hicieran el inventario. En otra parte del mundo no valdrían nada, pero para la pintura que ha habido en la isla se consideran el *non plus ultra*. Sólo los comprarían gentes de Miami, de los que viven añorando cualquier mierda que salga de aquí. Mamá los vendió gracias a los enchufes de la Garcilasa con diplomáticos europeos, quienes a su vez los revenderán luego a los de Miami.

Leyes que nos obligan a vivir en la ilegalidad permanente, que nos hacen vulnerables por cualquier cosa, nos intimidan, nos obligan a callar por miedo a ser juzgados, a colaborar en cosas que detestamos. ¡Vaya prisión esta de infinitas rejas! Fuerzas una y te espera otra, y otra, y otra reja... hasta que el cansancio termina por vencerte en esa lucha en que de nada vale el empeño que pones en derrumbarlas. Miles de rejas que, como en una ratonera, se van cerrando tras de ti cada vez que logras arrancar una. Rejas que te conducen a cubículos en los que el aire enrarecido no te deja respirar, de donde no podrás retroceder nunca. Rejas invisibles colocadas en la mente de cada uno por el propio poder. Áspero, cruel, egoísta. Un poder donde las palabras amor, compasión, arte, naturaleza, poesía, son flaquezas que atentan contra su hombría. Palabras que corroen su prestigio basado en el terror. Toleradas apenas cuando tienen otras cosas más importantes en qué ocuparse, cuando se dan cuenta de que nos necesitan vivos para poder ejercer su dominio sobre alguien. Así hemos ido sobreviviendo. De Chirico lo sabe tanto como yo. Por eso se refugia en las películas de la Cinemateca.

—Se trata —continué después del largo silencio que pasamos fijando la vista en las crestas argentadas de las olas— de un contratiempo vulgar, pero determinante. Una situación ridícula y a la vez crucial.

De Chirico no se permitió soltar un chiste. ¡Al fin alguien que capta la gravedad de las cosas! Alguien que no tira a bromas lo que nos preocupa. La burla nos ha hecho mucho daño. Reírnos de nuestras desgracias es profiláctico, pero ha sido también nuestro mayor enemigo. Esa risa que es bálsamo contra el dolor, aquí le da un toque ligero y frívolo a todo lo que alcanza. Desde que me di cuenta de que nos dejan reír para que permanezcamos drogados por la aparente felicidad que conlleva lo divertido, me he prohibido hasta las bromas. Nunca más asistí a un carnaval, detesto las comedias, no aguanto un chiste de Pepito. Hace tiempo que decidí dejar de ser cómplice de la tragedia que vivimos. La risa ha sido nuestra pérdida.

—Si no me explicas lo que quieres de una vez, saldremos de aquí con la forma del muro en las nalgas.

Un chofer que había pasado a toda velocidad por el paseo marítimo nos gritó «¡chernas!». Dos hombres solos, sentados en el muro del Malecón, contemplando el mar..., imposible que no fueran maricones. Les daba igual que el físico de De Chirico fuera idéntico al del hombre de las cavernas, un tipo yeti, peludo, barbudo y vestido en consonancia con su extrema virilidad. Pero por lo visto ni la apariencia basta. Hay que vigilar también las actitudes, cada pose. Menos mal que De Chirico está por encima del bien y del mal, hasta le divierte que lo confundan con una cherna, que es lo mismo que pato, pargo, pájaro y todos esos animales convertidos en sinónimos de maricón. Curiosamente no hay animal para las lesbianas, sólo oficios: camionera, bombera, tortillera.

—Ya lo sabes... nos autorizaron la salida del país.

—¿Y cuál es el problema? Eso es lo que siempre has querido.

—Sí, pero *ellos* son los que te fijan la fecha del vuelo.

—Mejor para ustedes, así se evitan tener que escogerlo. Si a mí me diesen a escoger, por superstición, numerología, por esto o aquello, no sabría por cuál decidirme.

—Ése es exactamente nuestro problema, o sea, el día del viaje.

—No me dirás que cae en 30 de febrero.

—No, peor: primero de mayo.

—¡Fabuloso! De qué se quejan. Toda la ciudad desfilando en la plaza y ustedes, tranquilos, camino del aeropuerto. Qué emoción ¿no? Ver el desfile desde un avión, camino a mejor vida. La avenida del aeropuerto sólo para ustedes, sin un auto que se les meta delante porque todos estarán ese día en función del desfile. Como si la ciudad se hubiese vaciado de pronto.

—Ese es justamente el problema. Ese día no habrá taxi, ni autobús, ni vecino, ni amigo que nos lleve al aeropuerto. Ese día todo el transporte, T-O-D-O, está en función del desfile. Todos los taxis, T-O-D-O-S, se quedan en sus estaciones y sólo funcionan los turitaxis, que como son para turistas se pagan en dólares y nosotros no podemos movernos con dólares, como sabes. Ese primero de mayo hasta los amigos que tienen carro y no desfilan se esconden en sus casas para que los vecinos no se enteren de que no han desfilado.

—Uf, ya veo. ¡Me la pusiste en China! Déjame ver con Leocadia qué se nos ocurre. Esto es peor que el más difícil de los ejercicios de Cálculo.

—Como todo aquí…

Volvimos a concentrarnos en el vaivén de las recámaras de los pescadores. Iba a contarle también que habíamos recibido un anónimo amenazándonos con denunciarnos por la venta de algunos de los cuadros, pero preferí guardar silencio.

En el diente de perro de la orilla los cucarachones de mar fosilizados permanecían inmutables desde épocas remotas. Imposible arrancárselos al arrecife al que habían quedado adheridos para siempre.

El sol es un disco dorado besando las aguas.

Un pescador a lo lejos ha levantado el brazo en dirección nuestra. No sé si nos saluda o nos dice que no vuelve.

Vista de lejos, la intención de un gesto es siempre ambigua.

# V

En 1968 acabaron por confiscar los pocos negocios privados que quedaban. Las nacionalizaciones se hicieron a ritmo de conga. Una conga rabiosa, desmadrada y, según Jo, ladrona. «La de los hijos de puta», decía. La chusma diligente arrastró un ataúd de madera de mala calidad, aunque su valor era más bien simbólico. Encerraban ahí el título de la propiedad que sería confiscada. Lo más irónico era que alguien que imitaba a un cura dando misa llevaba un hisopo con el que rociaba de agua el féretro.

La campaña de alfabetización era ya en el recuerdo de Erlinda un tiempo remoto. De nada servía que sacara cuentas de su error cuando para sobrevivir no le quedaba otra alternativa que incorporarse al ritmo de la vida en la sociedad que se estaba construyendo. En cierto momento intentó convencer a su donjuán de que estaríamos mejor en su casa de la capital. El cheche de la casa, el mandamás, el machazo, respondió que La Habana con todos sus pendejos nunca le había gustado, que nadie se movería del pueblo. De mala gana aceptó entonces un mal pagado puesto de profesora en una escuela. Todo el mundo sabía que Juanjo le

91

pegaba los tarros hasta con sus alumnas, que se había casado con ella por capricho, por dárselas de seductor y lucirse ante sus amiguetes. Pero saberlo ahora no servía ya de nada.

El salario de maestra equivalía a una de las propinas que le dejaba antes al parqueador de la cafetería autoservicio del Biltmore. Así y todo, aunque no paraba de quejarse, prefería ocuparse el día trabajando en la calle que pasar las veinticuatro horas prisionera de la casa. Sin embargo, aquello, como todo de un tiempo para acá, tenía grandes inconvenientes, y uno de los principales era que trabajar significaba «estar incorporado», un término de la nueva jerga revolucionaria que quería decir que todo trabajador estaba obligado a participar en las actividades del Partido, pues de lo contrario le ponían la etiqueta de ser una lacra antisocial. Por decencia, quizá por piedad, Jo nunca evocó su decepción cuando descubrió, en medio de la turba de falsos zacatecas que enterraban su carpintería, a su propia nuera, quien hubo de incorporarse a aquel simulacro para no perder el trabajo.

La carpintería fue la obra de Gerardo, el padre de Jo, un veterano mambí de la guerra de Independencia, quien era a su vez hijo de un oficial del Regimiento de Nápoles fallecido en los campos de Santa Clara combatiendo a los insurrectos contra España. Ni Gerardo ni Jo conocieron a aquel hombre. Al parecer había venido de Cirat, en la provincia de Castellón, con la misión de velar por el orden en la isla de Pinos, la más grande del archipiélago cubano, adonde deportaban a los infidentes, a los sediciosos, a todos los que conspiraban contra el rey de Todas las Españas, de las que, por cierto, cada día quedaban menos. Bajo el clima inhóspito de aquella dependencia de la capitanía general de La Habana, el abuelo paterno de Jo, luchando contra mil millones de mosquitos que si se descuidaba lo levantaban en peso, conoció su primer y único amor.

Decir isla de Pinos era decir purgatorio. Quien pasara por allí quedaba de por vida curado de espanto. El escarmiento ejemplar de una deportación a Nueva Gerona, único pueblucho de aquella porción de tierra al sur de Batabanó, le quitaba las ganas a cualquiera de seguir conspirando. Tal vez por eso mismo, por la penuria constante y la aspereza de la vida cotidiana, quienes por una razón u otra terminaban deportados, abrían la puerta al amor viniera de donde viniera. La madre de Jo, Vidalina, se entregó al oficial de Castellón. La habían acusado de infidente por aportar víveres a un hermano que luchaba en la manigua holguinera, codo a codo con el general Calixto García, contra la metrópoli. Nadie puede explicar cómo en aquel infiernillo insular una joven conspiradora a medias y un militar pagado para aniquilar a los rebeldes pudieron unirse y procrear a Gerardo, el padre de Jo.

La carpintería fue la herencia que Gerardo dejó al abuelo y a sus siete hermanos. Era la más importante de la comarca, aunque poco importase ese detalle a quienes arrastraban el ataúd. ¡Qué podía importar a estas alturas que de ese taller maravilloso, de sus sierras y tornos, hubieran salido prácticamente todas las casas del pueblo! Taladros y barbiquíes, guimbardas y garlopas, serruchos, brocas y escofinas, penetraron, moldearon, rebajaron y pulieron durante años las mejores maderas de los montes. De su armoniosa y siempre idéntica sinfonía de sonidos, surgieron cines, clubes, hospitales, almacenes, un sinfín de construcciones que exhibían la marca inconfundible de la fraternidad de carpinteros que la trabajaban. Al terminar un día de labor, la atmósfera quedaba impregnaba con el noble e inconfundible olor de las ácanas, del dagame, las caobas y los guayacanes. Era la historia paciente y sudorosa de un país, traducida en esa empresa familiar, lo que la conga de las nacionalizaciones anulaba con cuatro martillazos mal dados sobre la tapa del ataúd. ¡Un siglo de trabajo esfumándose de un solo golpe! En medio del silencio cómplice de la mayoría, la nuera de Jo fingía no entender lo que estaba sucediendo. La habían convocado a ese acto. ¿De qué valdría negarse si la confiscación resultaba inevitable?

Jo nunca se lo contó a su esposa. Lo de agüe Rosa era la cocina y ese día ni se enteró que la conga acababa de nacionalizar el negocio del marido y sus cuñados. Lo de ella era vigilar que la crema de vie quedase en su punto. Su cocina sí que no iba a cambiarla ninguna conga. «¡Aquí mando yo y sólo entra quien yo quiera!» La bebida que preparaba respetaba una receta antigua, oral, traída por amos y esclavos desde Port-au-Prince, embarcada en un navío rumbo a Santiago. *Crème de vie* debía haber sido su nombre francés original, una mezcla deliciosa de leche condensada, huevos y alcohol del más fuerte, el de noventa grados. La esperaba agazapado entre el guardacomidas y la pared, uno de mis rincones preferidos, y al menor descuido de la abuela, como un oso atraído por la miel, metía el dedo en el caldero donde ella la dejaba reposar. Ahora la oía cuchicheando con Cacha, la vecina cuyo patio colindaba con los ventanales de nuestra cocina.

—Quien tú sabes... anda de nervios que para qué te cuento, busca que te busca unas llaves... Creo que quiere poner pies en polvorosa y llevarse al niño. Todo ese jelengue de las llaves es para largarse.

—¡Ay, Rosa, yo entre marido y mujer no me puedo meter! Es verdad que su hijo no es un dechado de virtudes, pero tampoco es tan malo, chica. ¡La víbora es ella! Quiá, quiá... una bitonguita de La Habana, mi amiga. Lo vi el primer día, apenas cruzó el corredor de tu casa. ¡Tengo un ojo para esas! Tanto es así que hasta mi marido se asusta.

—¿Pero tú crees, Cacha, que esta que está aquí, con las canas que tiene, con los años que ha vivido, no lo vio todo desde ese mismísimo primer día?

—Bueno, hija, pero a la larga si se quiere largar mejor para ustedes. ¡Que se vaya! ¡Fuera catarro! Total, beneficio lo que se dice beneficio, poco les ha traído. Siempre vestida como una emperatriz, con esas uñas que ni la mujer de un ministro. A mí no hay quien me jorobe, pero esa en su vida fregó un plato y estoy segura de que tampoco sabe exprimir una bayeta.

—Lo sé, mi'ja. Pero ¿y el niño? Es nuestro primer nieto, no nos va a privar de él así como así. Sin contar que ni familia le queda en la capital. Se le fueron todos para el Norte. Dos criadas, dice, es lo único que la espera en La Habana. Eso es lo que más miedo me da, porque no dudo de que en una de esas se encarame en una lancha y se lleve al niño para Estados Unidos.

—¡Calle, calle, qué pavor! ¡Una lancha! ¡El Norte! ¡Solavaya! Se me pone la piel de gallina de sólo pensarlo. Hay que impedir que esa loca se salga con la suya. ¿Y qué dice Jo?

—¿Jo? ¡Ja! No me hagas reír. Jo no dice ni ji. A ese, ni fu ni fa. Nada más ve por los ojos de ella, capaz de que la ayude a sacar al niño del pueblo. No le tengo ni pizca de confianza a mi marido, por eso no digo ni esta boca es mía.

Cerca estaba también el botellón del aliñao, lleno hasta el tope de esa bebida. En casa eran expertos en su elaboración. Con ron y muchas frutas mezcladas hacían «la madre». Las frutas se fermentaban desprendiendo azúcares de sutiles perfumes, cada una aportando su propio alcohol a la mezcla. Una auténtica delicia, secreto de alquimistas. Lo protegían con una capota negra pues la luz podía echar a perder el maná inagotable, al que siempre podían añadir nuevas frutas, según la temporada. Cuando nacía una hembra en la familia se llenaba una botella de aliñao y la enterraban al pie de una de las matas del patio, la de guayabas del Perú, la de mangos reina de México o la de marañones, hasta que la homenajeada cumpliese quince años.

Sacar de la cazuela un poco de la crema de vie era difícil, peor resultaba robar una gota de aliñao al botellón. Una verdadera tarea de titanes porque la cocina nunca estaba despejada. Noches enteras complotando atracos novelescos, dignos de bandidos asaltadores de caminos, sin atreverme a levantarme de la cama por miedo a la mano del muerto.

Ya faltaba poco para que empezara el carnaval, la confusión reinaba a la par que el claveteo en los maderos al armar los kioscos. La música del órgano, más la de varias orquestas sonando al unísono, la del combo del pueblo, los tríos de guitarras... «¡El Armagedón!», gritaba la tía. Todos en casa alterados, yo calculando hasta qué punto el ruido podría ayudarme a robar del botellón un poco de aliñao. La noche anterior habían detenido a varios de los que arrollaban en la conga. Por alterar el orden público, dijeron. Se los llevaron al Departamento del Orden Público o DOP, que era la oficina de la policía y el propio Reina vino a decirnos que entre los detenidos estaba mi padre, no por encontrarse entre los congueros, sino porque le había entrado a piñazos a un tipo en la barra de La Casa del Vino. Por la cara que puso la abuela la noticia no era buena. A mamá, en cambio, se le iluminó el rostro.

—¡No hay carnaval en que este energúmeno no haga de las suyas! —se quejó la tía—. ¡Por mí, que se pudra en el DOP, a ver si nos lo quitamos de encima de una vez y por todas!

—Hija... que es tu hermano... —lo defendía agüe Rosa.

Hacía días que vivíamos bajo el ruido de los martillazos. Las tablas iban dando forma a kioscos y tarimas a medida que se acercaba la fecha del carnaval. Un kiosco imitaba un central azucarero pues pertenecía a quienes trabajaban en el Ministerio del Azúcar; otro, el de la pesca, tenía forma de ballena. El de la gente del DOP, los que tenían a mi padre bien guardado, parecía un castillito de cartón; mientras que el de los empleados del Instituto del Deporte reproducía un estadio de pelota. Frente a casa construyeron un formidable buque, a cargo de la Marina mercante. La calle se disfrazaba de granja de animales, con puentes, figurines imaginarios hechos de pedazos de madera, caretas atadas a los postes. Parecía el nacimiento de otro pueblo creciendo a la par del que existía. Cuando los obreros terminaban la jornada dejaban los montones de tablas y planchas de bagazo aún sin armar apiladas sobre las aceras. Los muchachos nos apropiábamos de aquel arsenal oloroso, esa madera recién cortada, fijando territorios que defendíamos trazando fronteras que se perdían a medida que los obreros las incorporaban a las armazones. Robábamos sin malicia el alma a los festejos. A medida que los kioscos cobraban forma, los montones de palos desaparecían dejándonos la sensación de la pérdida de algo entrañable. Al final, la emoción de verlos terminados, borraba la tristeza por haber perdido las tablas sobre las que jugábamos.

De las tarimas se ocupaban unos artistas locales poco imaginativos que siempre diseñaban mujeres de formas despampanantes, jarras desbordantes de espumosas cervezas, tamborcitos, maracas, bocadillos. Nada del otro mundo.

—Ya verá que al final todo quedará que da grimas —dijo Cacha a agüe, mostrando con desprecio desde el corredor de su casa la tarima construida enfrente de la escuela de los sordomudos.

—¡Si fuera sólo grimas, vecina! ¡Prepárate para el hambre que vamos a pasar! ¡Deja que esos guajiros arrasen con lo poco que queda en el pueblo que vas a saber lo que es morder el cordobán!

Empezaban a llegar camiones repletos de campesinos. Venían de Los Berros, El Donque, de Comunales, Canteras, Deleite, La Canela, Río Seco, Lucrecia, aldeas del término municipal a las que nadie recordaba haber ido nunca y de las que sabíamos de su existencia porque veíamos el letrero de los ómnibus anunciando la única ruta que las sacaba del aislamiento total. A nadie se le ocurría visitar esos lugares. Yo me moría de ganas de ver cómo era La Canela, si era cierto que allí abundaba el árbol de esta especie, cuya rama molida tanto gusto daba a las natillas preparadas por la abuela.

—¡Pero qué ojeras tiene, Georgina! ¿No durmió anoche?

—Ay, Rosa, ¿dormir dijo? ¡Aquí no hay quien pegue un ojo en una semana! Y para colmos, el órgano ese con el chucuchún-chucuchún la noche entera. ¡Un poco más y este año nos lo encaraman en la cama!

Georgina era la esposa de uno de los hermanos de Jo. Espiritista respetable que hablaba con la voz de los difuntos en las sesiones que daba en su casa a las que ni me dejaban ni quería yo asistir de puro miedo. Que si aquello era el acabose, el mundo colorado, la de San

Quintín, la de cagarse y no ver la pila, lo más grande de la vida, el peor de los castigos, el ni me preguntes y mira, lo último que nos faltaba, el «éramos tres y parió Catana», la debacle, el ciclón del veintiséis... una lista infinita de expresiones provocadas por el carnaval en aquella legión de amargados, de disidentes de las fiestas. De esa legión eran todos los que vivían en el centro del pueblo, digamos que la élite descendiente de quienes lo fundaron. Iban de casa en casa quejándose, lamentando cada año la llegada de la fiesta.

A través de las persianas del ventanal de la sala veía los charcos de cerveza a granel. En los mostradores de los kioscos se acodaban los bebedores, de tan borrachos que estaban no atinaban a llegar a los meaderos públicos, sino que se orinaban allí mismo. Beber y orinar a la vez, como si existiera un tubo conectado desde los tanques de cerveza hasta los miembros de aquellos hombres que no paraban de vaciar sus vejigas. A Jo tampoco le hacía mucha gracia el carnaval. Lo toleraba con sabio estoicismo. Siempre recordaba que una de sus hermanas, la bella Lucila, había sido reina de belleza en los años veinte. Nunca le faltaban azucenas en el búcaro delante del retrato en que se le veía radiante y hermosa, sentada en una estera que transportaban seis hombres jóvenes.

Los reinados de belleza habían sido abolidos por representar la decadencia burguesa. Sobrevivía, por suerte, el desfile de carrozas. Un tractor disfrazado de papeles brillantes arrastraba una plataforma de varios niveles donde bailoteaban mujeres casi desnudas, cubiertas de plumas colocadas donde ya no había nada que ocultar. Con el desfile el ruido alcanzaba su paroxismo pues las orquestas iban también en las carrozas, y cada una interpretaba sus propios estribillos: *Esa niña quiere que le den su leche, no se la den caliente que se le caen los dientes, no se la den tan fría que le da pulmonía.* Una cancioncita como esa sacaba muecas a todos los de casa, menos a la Paca que se hacía la que no la oía.

—Esa música me tiene los nervios de punta. ¿Dónde rayos metí las llaves?

Qué más daba llaves o no, si no teníamos gran cosa que guardar en esas maletas. No me atrevía a decírselo para que no me mandara a «donde tú sabes».

—Toma, haz algo útil, ayúdame a amarrar a san Dimas en la pata de la cama. Y reza conmigo: *Oh, glorioso san Dimas, te suplico que intercedas por mí ante Dios Nuestro Señor, para que humille el corazón de la persona que me ha robado, y que devuelva mis bienes sin que nadie se dé cuenta...*

—Pero, aquí nadie ha robado nada... —me atreví a interrumpir su oración al santo que hacía que todo apareciese a condición de que amarráramos un trapo rojo en la pata de cualquier mueble.

—¡No te atrevas a volver a interrumpirme si no quieres dormir caliente! ¿Qué sabes tú de robos, a ver?

—Yo... nada.

—¡Entonces! Lo que tienes que hacer es rezar conmigo. Continúa: *¡Oh, glorioso san Dimas, tú que fuiste el ladrón bueno y justo, te suplico que hagas aparecer mis llaves extraviadas lo más pronto. Tú que fuiste el ladrón más feliz,* *ya que estuviste en la cruz junto a Él, ahora que reinas en el cielo de Cristo, acuérdate de mí y de todos los fieles cautivos...*

Ya todos estaban enterados de los planes de mamá. La tía Norka, que casi nunca fumaba, no paraba de echar humo en el patio, lejos de la vista de la Paca, para no ofenderla. Cuando algo la contrariaba le daba por pestañear, y mi padre se burlaba siempre llamándola Pestañita Pérez. Entonces se cubría los ojos con lentes de sol, se ponía debajo del ciruelo, en cuyo pie había una colombina en la que descansaba a la sombra de los gajos. Como la cosa se estaba poniendo mala, no me atrevía a pedirle que jugáramos con las figuritas del Nacimiento de Jesús que casi siempre colocábamos sobre la tapa del aljibe. Me fascinaba oír a la tía poniéndole voz a los asnos del pesebre del Niño cuando daban la bienvenida al trío de Reyes Magos. «Pasen por aquí, Melchor, Gaspar y Baltasar, deeejen esos regalos en la eeentrada», decía poniendo voz de trueno.

—¡Mira lo que viene por ahí! —la Paca apuntó con el índice hacia los negros nubarrones que se formaban a lo lejos. Venían en dirección del pueblo. Al fin san Pedro oía los ruegos de la tía. Después de todo me alegraba por ella. Mamá siempre decía que no había tenido mucha suerte en la vida porque se había quedado soltera. Viendo por las que estaba pasando ella ahora me decía que bien estaba para hablar de mala suerte, pero no me atrevía a decírselo, no fuera a ser que me virara la cara de un tapabocas.

Grandes y alargados fueron los primeros goterones. Tam-tam-tim-tam-tam, sobre el techo de zinc de la casa, ruido inconfundible, único. Enseguida las canales desbordadas, el agua corriendo hasta el aljibe, los relámpagos, los truenos a todo meter, la gente huyendo como animales asustados, protegiéndose bajo los soportales. ¡A cubrir con sábanas los espejos! ¡Muchacho, aléjate de las ventanas! Y Jo vigilando que nadie se aprovechara de la confusión para brincar la baranda y refugiarse en nuestro corredor.

Las cinco maletas de lujo alineadas frente a la cama. Cabían, de la más pequeña hasta la más grande, unas dentro de otras, y en la primera de ellas se solían guardar los objetos de valor. Juanjo detenido, el carnaval parado por la lluvia, el botellón del aliñao sin vigilancia, sobre todo porque su centinela mayor, agüe Rosa, le tenía tanto miedo a los rayos que no había quien la hiciera bajarse de la cama hasta que no terminara la tronada.

¡La ruta de la fuente Castalia, mi delicioso licor, libre de vigilancia! ¡Abajo la capota negra encubridora! El pico del botellón a pocos milímetros de mi boca. Imposible probar el líquido sin inclinar el panzudo recipiente. La cosa es inclinarlo y empinarse, sin pensarlo dos veces. ¡Qué de trembleques en medio de tanta emoción! Si me descubren vaya paliza que me gano. Paliza es poco, tunda más bien, que para dármela mi padre sería capaz de romper las rejas de su celda en el DOP con tal de dejarme las nalgas marcadas por un par de fuetazos con el cinturón. San Pedro afuera meando como un caballo. ¡Que arrecie esa lluvia, carajo! Sobre todo ahora que la pesada panzota se inclina, que mis uñas arrancan la cera del boquete. Ni yo mismo me creo esta oportunidad. O lo consigo ahora, o me despido para siempre del placer infinito de hartarme de aquel licor, de sentirlo acariciarme por dentro, desde la boca hasta las entrañas. Nunca antes la cocina estuvo tan despoblada. Nunca antes esa encrucijada de todos los caminos de casa —paso hacia los lavaderos, hacia las tinajas del agua, camino para llegar a los armarios donde guardaba Jo sus herramientas, o a las tendederas, o al cobertizo, al patio, a las matas, a todo— había estado tan abandonada. Donde para colmos si nadie necesitaba atravesarla entonces se le ocurría al abuelo darle cuerda al reloj de cucú, o la tía se ponía a planchar sobre la tabla que estaba en un rincón, o agüe a fregar, o cualquiera a husmear en el guardacomidas buscando un tentempié hasta tanto llegara la hora de sentarnos a la mesa.

Ya estaba a punto de probar el aliñao, cuando un portazo me hizo pegar un brinco. Lo cubrí rápido con el paño, me eché el corcho del boquete en un bolsillo y me escondí detrás del guardacomidas. Esperé. No se oían voces ni pasos. Quizás alguien había salido, aunque ese modo de cerrar la puerta no se parecía al de nadie. Jo nunca la tiraría de ese modo, por ser él quien se ocupaba de arreglar las bisagras cuando se aflojaban. Del DOP no sacarían a ningún detenido antes del fin de las fiestas. Los hermanos de abuelo no entraban nunca sin tocar. Los demás, encerrados en sus cuartos. Pudiera haber sido Juana Betancourt, una tía de Jo, que con sus noventa años no veía ya ni dónde ponía los pies, pero que andaba el pueblo entero como si tuviera quince. ¡Por san Pedro y san Aparicio que no sea Juana porque, como dice agüe, siempre nos da perro muerto y sus visitas duran tardes enteras! ¡Ni la escoba detrás de la puerta funcionaba para zafarnos de ella! Además, lo que le gustaba era sentarse en la cocina y no moverse en horas. ¡Todo menos Juana, san Aparicito!

No, no era Juana. ¡Qué suerte! Mamá acaba de irrumpir en la cocina. Oigo que dice que un borracho se fue de bruces contra la puerta de la casa. ¡Qué alivio! Ignora que me escondo detrás del guardacomidas. Habla sola. «¡Yo sí que no me meto en la vida de nadie!», miente. Se olvidó que justo ayer me había comentado, en uno de sus monólogos interminables, que nunca entendió por qué agüe y Jo siendo marido y mujer dormían en cuartos separados.

Para qué explicarle que en esta casa suceden cosas incomprensibles. A ver, y por qué a Jo le molestaba tanto que llegara una visita en el momento en que estábamos comiendo. Una vez vino un hermano de agüe, se sentó a conversar mientras comíamos y a Jo por poco le da un infarto. Ni siquiera se ponía así por egoísmo, a él le encantaba compartir la mesa. Lo que no soportaba era que alguien que no estuviera comiendo se sentara a mirar cómo los otros comían. Nunca entendí por qué le molestaba tan poca cosa, pero misterios como ese había un montón. Que abuela nunca hubiera salido de la casa en años era otro. Ni siquiera iba a la funeraria cuando moría gente allegada. La única vez que la vi fuera fue cuando nos acompañó en un viaje a la playa de Morales. Parecía que quería meterse todo el mar por los ojos. No lo veía desde niña.

Lo malo de la infancia es no entender nunca nada. Luego, cuando pasa el tiempo, cuando crecemos, ya no queremos preguntar nada porque estamos ocupados en el amor, en la adolescencia, en mirarnos el ombligo. Después, cuando maduramos, cuando empezamos a hacernos preguntas, ya no podemos preguntar nada a nadie porque los más viejos han desaparecido de nuestras vidas, llevándose las respuestas.

Mamá estaba muy concentrada en la búsqueda de sus llaves, tanto que pude salir descaradamente de mi escondite sin que se fijase en mí. Volví al ataque del recipiente, repetí las operaciones anteriores, ya con mucha más habilidad. Terminé de retirar la capa de cera que protegía una especie de lámina de metal colocada debajo del corcho. ¡Vaya manera de cerrar esto! Qué delicia, por Dios. ¡El mismísimo néctar de los dioses! ¡La cornucopia de la tierra! ¡El elíxir del trópico!

Un ligero, reconfortante calorcillo empezó a recorrerme el cuerpo. Me erizaba de placer adivinando el gustillo de la ciruela, separando el sabor de anones y zapotes, el canistel del mango, la pitahaya del níspero. Masticaba lentamente los trozos de frutas. Si me agarraban ahora lo mismo me daba.

De pronto algo duro, con gusto metálico. Lo paladeo. Tintinea y todo, pego un grito creyendo que puede ser un chichí, ese insecto que pica y tanto me asusta, o una araña disecada. Me saco el objeto de la boca. Mamá, parada detrás de mí, alertada por mi grito, me arranca de las manos lo que acabo de sacarme de la boca.

—¡Las llaves! ¡Las cinco llavecitas! ¡Dame acá eso ahora mismo, muchacho!

Media casa en la cocina. Ha cesado de tronar. El ruido de los goterones sobre el techo de zinc se vuelve irregular. Quien escondió en el botellón las llaves creyó que allí nunca las encontrarían. Todos se miran sin decir nada. Me escabullo poco a poco, como si conmigo no fuera. ¡Que se arreglen entre ellos!

Cuando pasé por delante de la mesa del comedor retiré de una de sus patas el trapo rojo de san Dimas.

Mamá suele ser tan malagradecida que cuando resuelve su problema se olvida de súplicas y promesas.

# VI

No paraba de ir y venir de un lado para otro. «Jota Uve pasó, tiene algo urgente que decirte, dijo que volvería dentro de una hora», me anunció sin mirarme apenas y siguió en lo que estaba. Me extrañó esa visita de Jota Uve pero no quise preguntarle si había dicho algo más o si le comentó qué quería, en caso de que se lo hubiera dicho, para ahorrarme la cantaleta de «los misteriosos amiguitos tuyos que nunca se sabe en qué andan», la de casi todas las madres del mundo, supongo.

Para matar el tiempo en lo que Jota Uve regresaba empecé a regar las plantas del orquideario, más bien lo que quedaba de esa parte del jardín que fue motivo de orgullo, aunque también de envidia en el barrio. La telametálica que protegía a las plantas de insectos invasores, larvas y plagas, se había rajado en varias partes dejando un boquete por el que podía colarse ahora un hombre corpulento. Todavía sobrevivían orquídeas muy raras, cuyos ancestros habían sido traídos desde lugares tan remotos como las islas indonesias de Java y Sumatra, adaptadas perfectamente a nuestro clima, sobrevivientes de la escasez de productos que garantizasen su bienestar, sembradas quién se acuerda cuándo por la madre de mamá, mucho antes de que se fuera para el Norte. Es difícil llamar abuela a una persona con la que sólo hemos hablado un par de veces por teléfono.

Sobre el orquideario extendían sus ramas sendas matas de mango de las variedades filipino y toledo, la primera de fruta alargada y muy jugosa; la segunda paridora de unas frutas del tamaño de un huevo, increíblemente dulces. En temporada nos veíamos obligados a tumbarlas, incluso verdes, para evitar que los muchachos la emprendieran a pedradas contra la casa, haciendo añicos los cristales que quedaban en pie. Cada panel de cristal desbaratado por una de aquellas pedradas exhibía una etiqueta: «Pedrada de julio de 1976», «Proyectil mangos del 78», y así sucesivamente, que mamá, esperanzada en que un día el gobierno del municipio tomara cartas en el asunto, colocaba soñando con la época en que existían los seguros.

Entre pedradas, ciclones, temporales, el copón y la vela, la casa ni se parecía a la que habían construido sus padres en los años cuarenta. Nadie podaba nunca el matorral del frente, las enredaderas crecían desordenadamente en indetenible conquista de paredes y balcones, los maderos de los portones se pudrían bajo el efecto de la humedad, el mecanismo de la puerta corrediza del garaje donde ya no guardábamos carro alguno estaba oxidado, las persianas se bloqueaban un buen día y para siempre por idéntica razón... La casa no tenía ya nada que ver con la que María de la Luz cuidó con tanto esmero hasta el regreso de Oriente: de aquel «auténtico crisol» del que hablaba poniendo cara de colegiala enamorada quedaba poco lustre. De lo que sí yo no tenía ninguna duda era de que vivíamos en un espacio que significaba una prolongación de estado general de todo el país.

—Peor está Luisa Fernanda —recordaba mamá cuando le hacía ver los nuevos derrumbes, olvidando la frase de «dolor de muchos, consuelo de tontos» que me lanzaba cada vez que yo le ponía un ejemplo de descalabro que justificara algunos de los míos—. ¡Hace ya tanto tiempo que a la pobrecita le llueve más dentro de la casa que afuera!

Hablaba de una prima de su madre. La vieja Luisa nunca quiso abandonar el país, a pesar de que su esposo e hijos fueron de los primeros en hacerlo en cuanto triunfó la revolución. Yo siempre creí que tenía alguna promesa hecha porque nunca más se cortó el pelo desde que le confiscaron las casas, las tierras y el mucho ganado que tenía en la provincia de Camagüey. Su larga y mal cuidada cabellera le llegaba ya a las rodillas, y eso sumado a su indumentaria anacrónica, con ropas que estuvieron de moda veinte años antes, desteñidas ya y bastante raídas, provocaba pavor en los chiquillos del barrio. Sin contar que el caserón en que vivía se desmoronaba, las vigas quedaban al descubierto, el techo de tejas verdes se desprendía por secciones dejando al aire libre boquetes por los que se veía el cielo. Por fuera, la maleza invadía el enorme portal circular que rodeaba toda la planta baja de aquella mansión a la misma entrada de nuestro barrio residencial.

Ni muerto reconocía ante los muchachos de Miramar mi parentesco con «La Bruja del Castillo», que era como la llamaban. A costa de ella los chiquillos lanzaban apuestas. Uno de los castigos con que se penalizaba al perdedor era atreverse a tocar el timbre del caserón y esperar a que la mano huesuda de la vieja apareciese entre los barrotes de hierro protegidos por los cristales nevados de la entrada. Primero se abría el panel de cristal, luego la mano huesuda de Luisa aparecía entre los barrotes buscando la ranura en que introducía la llave para poder abrir la puerta desde fuera, ya que desde dentro era imposible pues se había dañado el gancho del cierre. Yo que aborrecía ir a aquella casa, entre muchas razones porque temía ser reconocido por los muchachos, maldecía cada vez que en la nuestra preparaban algún plato especial y se anunciaba «esto es para la pobre Luisa», poniendo aparte una ración que María de la Luz, conmigo de acompañante, debía llevarle.

La pobre Luisa había sido una de las grandes fortunas de la isla. Poco a poco, a fuerza de frecuentarla, en vez de miedo o aprehensión, lo que me inspiraba era más bien pena. En cada visita descubríamos un nuevo estrago del tiempo: que si una lámpara de Murano acababa de desprenderse del techo, regando cuentas y lágrimas por el suelo; que si un peldaño de la escalera de mármol que conducía a la segunda planta se había zafado; que si aquella estatua del jardín, alegoría de Diana cazadora, terminó decapitada por un gajo de una mata en su caída... A pesar de todas sus desgracias, Luisa permanecía estoica, con una distinción natural que emergía de su voz y gestos. Había seguido siendo, más allá del fin de su mundo, la mejor especialista en *frivolités* de toda la ciudad, la única que conocía todos los juegos de sociedad, la biblia en materia de anécdotas y chismes de la gente de antes, la que hablaba perfectamente inglés, francés y ruso, y tocaba con los ojos cerrados cualquiera de los clavicémbalos vieneses antiguos de su colección personal. Era además, la depositaria de la memoria del reparto, la conocedora de obra y milagros, aventuras y desventuras, de cada uno de los que vivieron a cinco kilómetros a la redonda de su manzana, a quienes mencionaba como si nos los pudiésemos topar saliendo de su casa.

La *Cattleya walkeriana*, la *labiata* y la *Chysis laevis* florecían a la par que los mangos. La primera le reservaba su fragancia al primer aguacero de mayo, cuando casi todas las restantes se habían apresurado en exhibir sus flores. El barón de Humboldt había exclamado en su segundo viaje a Cuba que temía poner su bastón en el suelo por temor a que floreciese. Vista la generosidad de nuestra naturaleza, ninguna de las orquídeas había faltado este año a la cita anual con la floración e, incluso, algunas se habían adelantado porque estábamos aún a mediados de abril. Extendí el chorro hasta las *Odontoglossum* algodonadas y las *Epidendrum* avainilladas. Jota Uve se demoraba. La tierra embebida de agua comenzaba a inundar las lajas de tonalidad escarlata de la terraza, un grupo de hormigas se debatía contra el diluvio que les caía desde la manguera, arrastrándolas.

—¡En las musarañas! Ya te he dicho que no riegues al mediodía. Con este sol que raja las piedras y desde que el imbécil de al lado cortó de cuajo el maravilloso árbol de la rusa, las vas a quemar si te empeñas en echarles agua.

El árbol de la rusa había sido la mata más descomunal que recuerdo haber visto hasta entonces. Sus raíces aéreas alcanzaban hasta tres metros de altura, se entrelazaban formando una campana que siete hombres agarrados con sus brazos extendidos no lograrían abarcar. A partir de esa campana, hasta alcanzar varios metros, sus gajos de unos cuarenta centímetros de espesor se alzaban como troncos, coronados por un follaje del que se desprendían grandes hojas alargadas y dentadas. La tupida canopea de aquel árbol daba sombra a parte de nuestro jardín, al de la casa de al lado y al patio de la de atrás. Sus frutas, en forma de piña, de anaranjado incandescente, se deshacían en pedazos regulares cuando caían. Por necesidad de darles nombre los llamábamos «coquitos», sin que por eso se pareciesen en nada a una nuez de coco, pues más bien guardaban similitud con alguna variedad de bellota, aunque tres o cuatro veces más grande. Ni esa fruta, de olor tan penetrante como empalagoso, era comestible, ni el árbol tenía otra utilidad que la de dar sombra y dejar admirado a todo el que lo contemplase. Crecía en el sitio donde fue plantado por la propietaria original de la casa de al lado, una bailarina rusa que había llegado a la isla con el Ballet Ruso de Montecarlo a fines de los años treinta y que había fundado en la capital su propia compañía de ballet. Fue ella quien lo trajo pequeñito de un viaje a la India. Aquella maravilla de la naturaleza cuya pérdida irreparable mamá acababa de lamentar, había sido desmochada a ras de suelo por los nuevos vecinos, gente que acababa de recibir de regalo la casa de la rusa cuando esta se suicidó. El gobierno les ofrecía la mansión porque poseían muchos méritos ya que eran oficiales del tenebroso y muy temido Ministerio del Interior. «El follaje —dijo el *paterfamilias* de esos nuevos vecinos— da demasiada humedad al techo de nuestra casa, las raíces son la madriguera de un ejército de cucarachas.» A gasolina y fuego acabó, en menos de una semana, con las últimas raíces de aquel prodigio de la naturaleza, probablemente único de su especie en todo el país. Un triste redondel de tierra removida quedó en el lugar de su majestuosa presencia. Allí sembró entonces un desteñido rosal que, ya sea por castigo de la naturaleza o por la poca mano verde que tenía, nunca le dio ni una rosa. De más está decir que con la destrucción de la «madriguera para el ejército de cucarachas» lo único que lograron fue que los insectos cambiaran de hábitat. En adelante no tuvimos sosiego, ni ellos ni nosotros, contra aquellos asquerosos bicharracos. Nuestras casas se convirtieron inmediatamente en la guarida de todos los insectos que antes vivían en el árbol.

—Tienes visita.

Era Leocadia, enterada por De Chirico de lo nuestro.

—¿Té con limón, como siempre? —le pregunté apenas me dio el beso de saludo.

—¿Qué té, niño? ¿El ruso negro ese de la caja que dice Flor de Oro?

—¿Y cuál va a ser si no?

—Bueno... La verdad es que ese té servido en tus tacitas maravillosas parece un boniato sancochado presentado en una fuente de Sèvres de los Luises de Francia.

—Con la diferencia de que aquellos eran nobles, y nosotros ni siquiera sabemos a qué español culpar por haber nacido aquí.

—¿Ya te enteraste de lo del Orlando José?

Leocadia vivía en el corazón del Vedado, en un edificio por donde pasaban miles de personas a diario. Estaba realmente al tanto de todo. El edificio tenía cierto caché y hasta sirvió de escenografía de dos o tres escenas de la película *Memorias del subdesarrollo*, la única que a mi juicio valía la pena proteger si un fuego devorase la cinematografía nacional. En los bajos de ese edificio estuvo el mejor salón de belleza de la capital: el de Mirta de Perales. No era un lugar insignificante aquel donde vivía Leocadia. Quince días antes de que se supiese que iban a cerrar la revista cultural *El Caimán Barbudo*, ya ella estaba dándole la noticia a media ciudad.

—Si me prestas el teléfono, hago una llamada y ¡zas! te limpio el camino.

Lo de Orlando José se quedaba en el tintero, como casi todas nuestras conversaciones. Sin contar que las que logran ser terminadas derivan en diálogos neuróticos que cambian de rumbo sin que nadie recuerde cuál fue el punto de partida. Así es nuestra inmediatez, la más absoluta del mundo. Nuestras vidas pierden consistencia en la misma medida en que todo se vuelve volátil, efímero, sin la menor importancia. A esos ¡zas! de Leocadia había que tenerles pánico. En general, en vez de solucionar las cosas las complicaban más.

Leocadia «caminaba», y eso en la jerga nuestra quiere decir que le mete a la brujería, que frecuenta a santeros, cree en remedios, echa polvos, humo de tabaco y se santigua. De un tiempo para acá hasta los blancos se habían vuelto adeptos de esas prácticas heredadas de los negros esclavos. Hasta la Garcilasa, cuyos padres eran oficiales que trabajaban en el exterior, le metía de vez en cuando a los polvazos. A escondidas de ellos, por supuesto.

—Utiliza el teléfono pero recuerda que ya debe de estar pinchado... es *vox populi* de que nos vamos, y a *ellos* no se les escapa nada.

—Niño, tú sabes que en esto yo tengo escuela. No te preocupes, que por teléfono hasta las declaraciones de amor hay que hacerlas en clave, no vaya a ser que te jodan hasta el palo con tu amante.

Se dirigió al comedor para llamar desde el teléfono que estaba encima del trinchero. Regresó a los tres minutos con el rostro radiante, como si de pronto lo hubiera solucionado todo.

—¡Ya está! Acabo de hablar con Guillermina.

«¡Solavaya! Lo último que me faltaba», pensé. Guillermina era una brujera del barrio de La Timba, un sitio marginal cerca del cementerio Colón, del que desvalijaba las tumbas sacando los huesos de los muertos con que alimentaba su caldera, ese recipiente que en la religión de los paleros se llama *nganga*. La propia Leocadia me había contado, o tal vez otra persona, que a Guillermina le decían la Faraona, pues había despojado de sus joyas al cadáver de la primera marquesa de Esteva de las Delicias, María Felipa García de Carballo y Gómez, a la que al parecer habían enterrado con diademas, collares y pasadores de piedras preciosas hacía más de un siglo. El hijo de la brujera trabajaba de enterrador en el cementerio, de modo que no quedaba un solo panteón de noble o hacendado con una prenda, pero tampoco con hueso porque, según ellos, los de la extinta nobleza del azúcar eran los que más efectos positivos garantizaban en las prácticas de nigromancia.

Recurrir a Guillermina podía ser el cuento de nunca acabar. Una simple consulta, lectura de cocos de por medio, podía traerme mil y una dificultades, el remedio siempre más complicado que el problema presentado. Ya lo veía yo con María de la Luz y Noris en casa, pues se pasaban sus horas libres echando humo de tabaco por todos los rincones, despojando con yerbajos el cuarto donde dormían, tirando huevos en la esquina de la manzana sin voltearse y sin pasar por el lugar desde donde los habían lanzado, evitando poner una cuchara dentro de un vaso de cristal... miles de complicaciones por la simple razón de que así lo solicitaba tal santo o porque tal «trabajo» lo requería. A veces no podían comer naranjas durante cinco meses, ni pelar cebollas los sábados, ni contar dinero de lunes a jueves, sin detallar una larga e interminable lista de prohibiciones que, de no acatarlas, según sus padrinos de religión, podía acarrearles algo.

Nada de eso me resultaba ajeno, contrariamente a uno de los pocos amigos de mamá que tampoco se había largado del país. Nos visitaba a cada rato y siempre se llenaba la boca para anunciar, como si no lo supiéramos, que tanto él como su familia eran de lo que llamaba «la Cuba blanca y católica». Después decía que no entendía de dónde diablos habían salido todos esos santos de ahora, que si Ochún, que si Obatalá o Yemayá y esa retahíla de perfectos desconocidos en el pulcro santoral de su fe cristiana. Ramiro se llamaba, y descendía de unos cántabros, seguramente hoscos y brutos, que se convirtieron en los nuevos ricos de la isla a finales del siglo XIX, cuando compraron por muy poco dinero dos grandes centrales azucareros que medio siglo después la revolución se encargó de nacionalizarles sin previa indemnización. Para entender las verdaderas razones de su mofa habría que saber que en la época en que sus abuelos santanderinos lograron hacerse con aquellas fabulosas fábricas de azúcar, las antiguas familias ricas del país habían quedado empobrecidas por dos guerras sucesivas contra España, y las que lograron conservar sus capitales fueron expoliadas, confiscadas, desterradas a la fuerza y, al final, arruinadas del todo. De modo que los que conservaron algo eran capaces de venderlo a bajo precio con tal de sobrevivir. Lo que Ramiro no contaba era que el patrimonio

118

familiar del que se jactaba había sido erigido sobre esas cenizas. Y en cuanto podía, sobre todo si veía que María de la Luz se acercaba para servirnos, soltaba que él nunca había oído hablar de aquellos remedios de negros, que si cascarillas de huevo, baños de albahaca y canela, además del variopinto santoral sincrético afrocubano.

Contaba el mismo cuento siempre.

—De niño recuerdo cuando los negros que trabajaban para nuestra familia echaban gallinas degolladas con tiras rojas amarradas en las patas en los escalones de nuestra casona de campo familiar. Mi abuela, que Dios la tenga bien alto, de rancia y pura estirpe de cristiano viejo, nacida y criada en Santander, en ese norte de una España en donde ni siquiera pudieron llegar los moros cuando invadieron la península, para que todos vieran, sobre todo los negros, cuán poca importancia le dábamos a aquellas supercherías y fantochadas de gente atrasada, nos ordenaba a mí y a mis primitos que trajéramos aquellas gallinas embrujadas para que nuestras cocineras hicieran con sus carnes un buen sopón. Así demostrábamos a aquella gentuza de prácticas oscurantistas que esa porquería no funcionaba con gente civilizada como nosotros, de profunda fe en Jesucristo. Y ya ven —concluía después de haber dicho todo eso sin coger aire— nunca nos pasó nada y aquí estamos todos, vivitos y coleando, a pesar de sus «brujerías».

Un buen día Ramiro no pudo volver a hacer el cuento. Mamá había invitado a un pintor, marido de una compañera de estudios de ella. Primera vez que aquel hombre venía a casa. Un tipo natural, que dicho sea de paso apenas sabía servirse de los cubiertos. Después de haberle escuchado en silencio todo el cuento a Ramiro recuerdo que le dijo:

—¡Compadre, dices tú que nunca les pasó nada y perdieron dos centrales azucareros sin indemnización! Por menos que eso yo me desaparezco cada vez que pase una gallina, esté o no embrujada.

Y añadió volteándose hacia los restantes comensales, sin darse cuenta de que Ramiro cambiaba de colores:

—¡Se imaginan ustedes lo que es perder de un solo tajo dos fábricas de azúcar!

A saber si no fueron las cabronas gallinas dirigidas contra la arrogante abuela de Ramiro las causantes de la revolución y todos los descalabros que siguieron después.

—Fíjate lo que te voy a decir, Leocadia: si Guillermina me la pone muy difícil, te juro que vas a tener que hacer conmigo todos y cada uno de los trabajos que me mande.

## VII

El tiempo de Morales era un tiempo extinguido. La barrera de corales rompiendo olas a lo lejos, un horizonte espumeante, justo donde empezaba el primer veril, una franja blanca que dividía el mar como si fuera bacia de jabón, burbujeante, uniforme, abarcadora. Blanco, muy blanco, el collar inmaculado que formaba el arrecife, una rompiente natural separando el azul intenso de las profundidades de los tonos más claros, más próximos a la orilla, desde donde mirábamos el hermoso espectáculo. Un barco oxidado, inclinado a babor, sirve de refugio a las barracudas, a los pejes gordos, a las morenas. Lo cuentan los que han ido hasta allí, quienes han explorado sus entrañas sumergidas. En el quebrado, el boquete abierto por los pescadores a fuerza de dinamita, el collar se rompe como si se tratara de la parte en que las cuentas quedan separadas por el cierre.

Del otro lado, en altamar, en donde sólo los pescadores experimentados se aventuran, se ven, de vez en cuando, las luces de un buque gigantesco alumbrando el horizonte como una luciérnaga que se estira y avanza. Va lento en el silencio de la noche. Lo vemos en el punto en que más cerca estará de la tierra. Oímos su sirena de monstruo rugiente. No puede saludarnos de otro modo. La gente le puso La Piñata, aunque es en realidad el barco cisterna que desde Estados Unidos surca el Canal Viejo de las Bahamas y atraviesa el Paso de los Vientos cargado de agua potable para la Base Naval de Guantánamo. Lleva tantas historias como agua, pero de todo lo que representa, hay algo por lo que la gente se mata: cajas de manzanas a punto de descomponerse, bidones plásticos, botellas vacías, paquetes de sandalias de espuma, bastidores de madera, juguetes, balones, en fin, todo lo que puede flotar y que su tripulación arroja al agua. Aseguran que lo hacen adrede. La gente de Morales vigila su paso de estrella fugaz inalcanzable, de rayo que encandila a quienes sueñan con hallarse en el lugar de los marineros. Lo importante es ser de los primeros en rastrear, palmo a palmo, la orilla. Todo lo que han echado al mar desde La Piñata es objeto de codicia, nada es inútil. Los moradores de la playa, aquellos que encontrarán alguna pacotilla arrojada desde el buque, la exhibirán con la satisfacción con que un triunfador mostraría un trofeo bien ganado. Se mofan de su buena pesca. Los testigos los envidian.

—¡Nosotros nunca recogemos mierdas que botan los otros! —decían tajantes en casa. Y ante la prohibición de participar en las dádivas del buque y el mar, seguía soñando con hincarle un día el diente a una manzana.

Se decía que entre los tripulantes de La Piñata viajaban muchos que se habían largado a vivir a La Florida.

Ahora eran trabajadores norteamericanos. Ellos mismos, conscientes de las carencias de quienes nos quedamos de este lado, lanzaban al mar lo que fuera con tal de que flotara y pudiera ser recuperado. «Esta noche pasa La Piñata», cundía el llamado de casa en casa, y eso significaba que muchos madrugarían ese día con tal de ser de los primeros en espulgar la orilla.

Morales vivía al ritmo de sus veranos. En invierno muy pocos iban por allí. Una hilera de casas maltrechas, atormentadas por la furia de las ventoleras, los huracanes y las tempestades, despintadas, embadurnadas de sal y mar, arrinconadas entre la franja de arena y un terraplén polvoriento, se extendía desde la entrada del caserío hasta el final. Del otro lado crecía un marabú impenetrable, una jungla de arbustos espinosos, pura maleza costera que se perdía, tierra adentro, hasta el primer terreno cultivable, el de la antigua finca del hacendado Dionisio Delgado.

La historia de Morales se perdía en la noche del tiempo. En todo su litoral no había puerto, cala o ensenada que permitiera vivir del cabotaje, por donde se pudiera desembarcar ni exportar nada. Cuando aún la región no había sido colonizada, cuando sólo existían naborías de indios en las partes más habitables, casi siempre a orillas de ríos o en los valles más fértiles, se dice que hubo allí un hato ilegal llamado Puerto Rico. Eso fue hacia 1621. Las crónicas apuntaban que sus dueños se dedicaban exclusivamente a la explotación de cerdos y reses, pues vivían del trasiego y del comercio de contrabando y rescate, al margen de la

Corona y de sus leyes de estricto monopolio. Se hablaba también de entierros de tesoros que corsarios y piratas, poniendo a buen resguardo sus riquezas malhabidas, ocultaban en aquellos predios inaccesibles, convencidos de que nunca nadie los encontraría.

En algún momento de ese oscuro pasado, los holandeses habían intentado apoderarse del hato del que apenas se tenía noticia en las escasas jurisdicciones de la zona. Los invasores deseaban establecer una factoría que les serviría de base para operar en el norte del Caribe, un refugio seguro desde donde podrían dirigir las operaciones del comercio ilegal que efectuaban con los colonos de las restantes islas, burlando el ojo cancerbero de España. Aquella pretensión colocó en el mapa, aunque por poco tiempo, esta zona olvidada. Enterados de la presencia de los intrusos europeos en la alejada comarca del Baní, adonde muy pocos se adentraban, las milicias blancas disciplinadas de Bayamo se apresuraron en expulsar al enemigo. Para ello tuvieron que recorrer, abriéndose paso a machetazo limpio, los más de ciento cincuenta kilómetros de bosques que separaban a la villa San Salvador de Bayamo del olvidado hato. La expulsión del invasor también puso fin a la presencia, hasta ese día pacífica y exenta de leyes, de los hateros ilícitos, condenando al sitio a un nuevo olvido de más de dos siglos.

Morales era el sitio ideal para templarse a una jeva. Para meterle caña, echarle un palo. Ponerla en cuatro y darle hasta por las orejas. Eso lo decía mi padre, cuando estaba seguro de que otros no podían escucharlo.

Como nadie iba al caserío fuera de los dos meses de verano, el lugar se prestaba para que adúlteros como él se llevaran a sus amantes, a algunas fleteras malas, que así las llamaba, lejos de las miradas indiscretas del pueblo. Le importaba un bledo, tan grande y probado era el orgullo de su hombría, que yo supiera que esa jeva, la hembra que iba a templarse a escondidas, significara la mejor prueba de su falta de lealtad hacia mi madre. Y hasta una vez tuvo el descaro de obligarme a acompañarlo, a él y a su pelandruja de turno, a quien le tuve que aguantar grititos y jadeos de todas clases que oía desde mi cuarto, mientras duró la función de aquello que él llamaba «tremenda templeta». Ni contar las exclamaciones de ¡ay, qué rico!, de ¡dame más! y de ¡vas a coger pinga hasta que me acuerde! que tuve que escuchar. Ni contar que por mucho que presionara mis oídos para no oír aquellas groserías sus voces traspasaban la yema de mis dedos burlándose de mi esfuerzo. A pesar de estas manchas, que con el tiempo se borraban porque la memoria es selectiva y hasta hubiera podido prescindir de contarlas, Morales resplandecía en mi memoria igual que esos lugares que desaparecen en cuanto se acaba la infancia. A esos sitios donde una vez que ha pasado mucho tiempo sin que volvamos a ellos ya no vale la pena regresar, porque nada ni nadie estará allí para recordarnos que una vez nos sentimos sus dueños.

En esa edad en que las distancias se convierten en enemigos que creemos pueden devorarnos, el viaje al caserío playero me asustaba. El terraplén, cubierto de huecos profundos en donde podían quedarse atascados hasta los camiones más grandes, serpenteaba en medio de un paisaje de colinas, ocupado por los antiguos feudos y cañaverales de la Yunai. Temía que el Cadillac de mamá, tan traqueteado y vuelto a traquetear por cuanto mecánico experto e inexperto existiera, en el afán de hacerlo funcionar a toda costa, nos dejara abandonados, como ya había sucedido alguna que otra vez, en medio de la noche.

La Paca no debió de contarme nunca que de niña, en épocas de sus primeros pasos en San Luis, había visto a esos duendecillos llamados güijes, que saltando de una orilla a otra del río pasaban cerca de la casa de sus padres, mamá Berna y papá Pepe. Decía, lo recuerdo perfectamente, que cuando los güijes tomaban agua en una de las vasijas de la casa, o en las jarras o tinajas de barro, por mucho que luego las frotaran seguirían soltando espumarajos aunque no se pudiera ver ni palpar en sus paredes ningún resto de la jabonadura. Yo estaba convencido de que los güijes aguardaban a que un día se nos rompiera el cacharro convertible de mamá, aquella máquina que fue lujosa antes de que yo naciera, para comernos en vida aprovechando la soledad del camino, la ausencia de casas habitadas en kilómetros a la redonda.

La Paca había muerto en uno de aquellos veranos, mientras disfrutaba de Morales junto a los primos de un frondoso árbol familiar en que abundaban parientes que descendían de tíos tatarabuelos, de hermanos de los ocho bisabuelos y nietos de mis tíos abuelos. Si alguna ventaja le veo a los pueblos pequeños es que en ellos suele perdurar la memoria familiar. Quienes están emparentados tienen no sólo conciencia de estarlo, sino que pueden explicar la razón por la que nos llaman primo.

—Los niños se impresionan con la muerte, mejor llévense para la playa a Orlandito con los nietos de tío Betico y de Ángel Luis.

La tía se creía que no la había escuchado. Ya lo sabía todo de antemano, como también sabía que a partir de aquel momento no tendría por qué temerles más a los güijes del camino. La Paca, desde el otro mundo, por el inmenso cariño que nos teníamos, se encargaría de amarrarlos, de impedirles que vinieran a asaltarnos, en caso de que se nos rompiera otra vez la cabrona máquina por aquellos descampados. Tampoco tendríamos a nadie más que rezara el rosario pidiendo por cada uno de nosotros, por los de aquí, los de allá e, incluso, por quienes ya no estaban en el mundo de los vivos.

Hubo un tiempo, cuando las playas más lujosas empezaron a ser invadidas por los turistas europeos y canadienses sedientos de sol, que Morales se convirtió en el último reducto en donde podían solazarse los nacionales. Entonces, ya nada fue igual a aquella época en que no había ómnibus, ni ningún transporte público, ni auto de alquiler que se atreviera a desafiar el camino maltrecho que la comunicaba con el pueblo. Fue entonces cuando, al final de la calle de arena, donde ya sólo quedaban el diente de perro y el arrecife coralino que cubría todo el litoral hasta la bahía, construyeron un centro de veraneo, rústico y no bien frecuentado, que bautizaron «Campismo popular». Lo único bueno de aquel sitio, adonde venía toda clase de gente, sobre todo la de barrio, a tener sexo y a emborracharse, era que el administrador se robaba las latas de conserva y las vituallas que hubiera en la tienda de víveres, para venderlas a sobreprecio a los que como nosotros éramos asiduos veraneantes. La tienda que administraba aquel individuo exhibía seis o siete latas de conservas, unos escasos sacos de granos y alguno que otro contenedor de aceite. Resultaba patético verlo pavonearse, creyéndose importante, por ser el jefe de un sitio tan miserable en un lugar que ni siquiera aparecía en los mapas detallados de la provincia, para no decir del Caribe o del mundo.

Pero el tiempo de Morales, el mío, el de escribir palabras nuevas en la arena: catibía, jobachera, colombina, cigua, estopinao, fletera, chichí, bacia..., borradas enseguida por las olas, me hacía cobrar conciencia de la fatalidad de vivir rodeados de mar por todas partes.

La playa estaba en el extremo de una península que desafiaba las aguas azul oscuro del Atlántico. Ni se sabe cuántos habían sido arrastrados por las peligrosas corrientes del mar abierto, esperanzados con la idea de subirse un día al barco cisterna de la Base. Se había perdido también la cuenta de los que habían perecido pescando en la zona en donde se hallaba la boca estrecha del Cañón, un pasaje que zigzagueaba entre altos farallones antes de que el canal se ensanchase en forma de bahía. El tío Beto quiso mostrarnos un día el lugar llamado Mojón de Lindero, donde una tarja recordaba a los tripulantes de una de las tantas expediciones que trajeron hombres y armas cuando la última guerra contra España. Nos dijo que iríamos a recoger ciguas para que su cuñada, agüe Rosa, nos hiciera un arroz con aquel molusco cuyo nombre, por mucho que lo he buscado luego, no lo encuentro en los diccionarios como tampoco he encontrado la palabra estopinao, que quién sabe si la trajo un portugués pues se usaba para hablar de un tipo de empanada de bacalao con masa de hojaldre. Con el tío Beto le arrancamos a las rocas los caracolillos, aferrados a ellas con la misma fuerza con que se adhieren los fósiles a otras superficies. La parte visible del molusco se escondía enseguida que sentía la amenaza, dejando un filamento de baba entre el borde del orificio y el sitio donde había permanecido adherido. Por culpa de esa materia viscosa, cuyos colores violáceos mutaban al sol como las pompas de jabón, nunca probé el arroz con cigua, ni dejé que me iniciaran en el gusto por los moluscos babosos.

Cuando nos hartábamos del mar, cuando ya estábamos rojos como camarones de todo lo que nos exponíamos al sol, nos adentrábamos por un trillo abierto en la maleza hasta unas pocetas de aguas salobres llamadas las Ninfas. Había dos: la Ninfa Nueva, transparente y pequeña, y la Vieja, más grande, aunque también algo siniestra. El agua de mar alimentaba aquellos estanques a más de medio kilómetro de la orilla. La temperatura, siempre extremadamente fría, nos ponía la piel de gallina. Nadie sabía a ciencia cierta por qué misteriosos pasadizos les llegaba el agua, ni por qué viniendo del mar no era tan salada. Tal vez dejaba su sabor original en el camino, depurándose en filtros subterráneos que hacían que un agua más dulce y pura llegara hasta las pozas. Qué sé yo. Nadie podía dar una respuesta convincente y a mí siempre me recriminaban porque se las «ponía en China» con mis preguntas sin respuesta. Al igual que el mar, el nivel de las Ninfas subía o bajaba con el flujo de la marea.

Protegidas del sol por las ramas de la tupida maleza que había en esa parte de la costa, las Ninfas recordaban un poco a los cenotes yucatecos. Aquellas piscinas naturales atraían, como es lógico, a la muchachería. Quienes lograban apropiarse de un espacio en que se diera pie no se iban de él ni a palos, aunque a los más intrépidos poco les importaba quedarse tranquilos, pues pasaban la mayor parte del tiempo lanzándose de clavado desde lo alto de una roca que les permitía caer en la zona en que nadie podía tocar fondo. Ningún mayor se tomaba el trabajo de llevarnos a ese sitio o de vigilarnos una vez en él. Le huían a la agitación, la trepadera, el chapoteo y la algarabía que armábamos. De nada valía entonces que nos cuidaran, la palabra peligro no existía y lo peor que podía pasar era que algún chiquillo se rompiera la cabeza saltando o jugando de manos. En general, hasta las riñas las arreglábamos sin intromisión de los mayores.

Nuestro portal en Morales, como todos los del caserío, daba para el mar. De noche se puede ver la luz de un auto cuando recorre del otro lado del Cañón la península de la Torre, también llamada El Ramón, esa lengua de tierra, estrecha y alargada que separa las dos bahías: la de Banes y la de Nipe. Vista desde el portal, la península parece un brazo largo con vellos verdes adentrándose en el mar. Como es montañosa, cada elevación parece una giba, un animal prehistórico con varios lomos, cansado, yerto, escarranchado sobre el agua. Dan ganas de recorrerla, de seguir la misma ruta que las pocas lucecitas de autos que la transitan, apareciendo y desapareciendo según la parte del camino en que se encuentran. Yo vigilaba las luces mientras los otros conversaban en el portal.

Hablaban mucha catibía, que era como agüe decía cuando alguien se ponía a contar sandeces, cosas nimias. El campeón hablando catibías era mi padre, quien siempre esperaba que llegara la noche para hacer sus cuentos de ahorcados disecados en los árboles, de muertos aparecidos, de todas esas cosas que me provocaban pesadillas. Una vez contó la historia de un tipo que había desaparecido de su casa. Se le buscó «hasta en los centros espirituales», o sea, hasta debajo de las piedras. No lo encontraron nunca. Al cabo de unos años, un grupo de espeleólogos que exploraba la intricada región en donde estaba la cueva de Las Cuatrocientas Rozas, que con zeta significa surco, se encontró un esqueleto colgando de un árbol. Mi padre gozaba describiendo la manera en que los huesitos de los pies habían sido capturados por las medias que, por obra de no se sabe qué milagro, nunca cayeron del árbol. La verdad es que no me gustaba oírlo.

Peor era cuando se ponía a contar la manera en que le tomaba el pelo a la pobre Juana, la tía de abuelo Jo, que ya estaba casi ciega. Le hacía creer que él era una sobrina nieta que nadie había visto nunca porque vivía lejos, en Caimanera. Y para engañarla y salirse con la suya se cubría la cabeza con un pañuelo de mujer y se ponía unas gafas de sol, porque a pesar de que la tía octogenaria no podía detallar las caras, sí veía contornos y siluetas. Tampoco aquello me hacía mucha gracia porque Juana era un alma de Dios y no se merecía que por ser tan vieja se burlase de ese modo de ella.

Por eso he dejado a mi padre enterrado en esa playa. No se puede quejar. Allí la naturaleza es bella y podrá gozar eternamente de cualquier cantidad de fleteras, de historias de muertos, de burlas, y hasta tal vez se encuentre un día uno de esos tesoros enterrados por los piratas. El sitio es ideal porque así como nunca serán iguales los sitios de la infancia, tampoco se visitan sus tumbas olvidadas. Allí quedan. El mar y las lluvias se ocuparán de poblarlas de flores, y hasta de regarlas.

Seguía la trayectoria de la luz de los carros a lo largo de la mole oscura que formaban los contornos sombríos del Ramón, soñando con poder un día emprender aquel camino. A veces era mejor ni pensar en nada, sobre todo cuando uno nace con el don de entenderlo todo sin necesidad de que tengan que explicarnos ciertas cosas. En esta isla, toda pretensión de movimiento, incluso en el interior mismo de su exigua geografía, queda inmediatamente anulada. No hay ni voluntad, ni deseos, ni medios. Además, a nadie que conozco le interesa recorrer nada. Todo confluye hacia el inmovilismo. Cualquier desplazamiento requiere de enormes esfuerzos, de sacrificios que se anulan antes de intentarlos.

En Morales se dormía en donde nos agarrara la noche. Unos tendían hamacas entre los postes, otros inflaban balsas que extendían sobre el suelo. A los más viejos les daban camastros y camas, mientras que los niños cogían las literas. A mí siempre me daban la colombina que era un catre plegable, al que llamaban también pimpampum porque esas tres sílabas onomatopéyicas resumían muy bien la rapidez con que se cerraba y abría: ¡pim-pam-pum!

En el cuadrado de la ventana está agüe Rosa. Enmarcada por la mejor vista del mar desde la casa, es mi imagen predilecta. Fui yo, con mi escasa edad, quien la convenció para que viniera con nosotros ese verano. No había visto el mar en más de cincuenta años, no sólo porque el pueblo quedara a trece kilómetros de la costa sino porque un buen día decidió no salir nunca más de la casa. Sacarla de su encierro voluntario fue mi primera victoria. Nadie se lo creía. Todos apostaban, en secreto, que encontraría al final algún pretexto que la haría desistir de acompañarnos, cualquier justificación, excusa o impedimento. Abuela se ha quedado en ese marco. La veré siempre ahí, quieta, contemplando durante horas tanto azul. Lo devoraba con los ojos, quería absorber cada ola, tomárselas gota a gota, secarnos el mar con sus ganas. Yo lloraba por dentro de lo feliz que la veía, de su dicha digna y contenida. A nadie podría contarle la emoción de darle ese placer a quien tanto se había desvelado por nosotros, hasta qué punto era capaz de darme cuenta de que abuela decidió complacerme porque sabía lo importante que era para mí aquella pequeña victoria.

El tiempo de Morales se extinguió para siempre, como se extinguieron con él las palabras. Estopinao, fletera, jobachera, bacia, chichí, catibía, colombina, cigua, que nunca más oí, que nadie volvió a usar y de las que probablemente sea yo el último que intenta atraparlas antes de que se desvanezcan para siempre.

# VIII

El río Almendares arrastraba su lodo, con la lentitud que imponía su caudal empobrecido, en dirección de su desembocadura frente al Golfo de México, en la zona llamada La Puntilla. Los indios guanajatabeyes lo nombraron Casiguagua, una palabra misteriosa que nunca supe qué quería decir. Triste historia la de esos indios, de los que casi no se sabía nada, ya borrados del mapa antes de la llegada de los colonizadores, pues siempre sucede así con los hombres: unos empujan a otros para quitarles el lugar. La historia de esos aborígenes, desplazados por los siboneyes hasta que quedaron reducidos a un ínfimo reducto en la parte más occidental de la isla, se ha perdido para siempre. Los españoles, en su afán de bautizarlo todo, cambiaron el nombre del río por el de La Puntilla, que es como llamamos al área de su salida al mar. No podría precisar desde cuándo, ni por qué, se le conoce por Almendares.

Más que el río, al que ni se le veía ya en ciertas partes de su curso, lo admirable era el puente, de sólida armazón y esbelta estructura, que lo atravesaba uniendo la parte nueva del barrio del Vedado con el elegante reparto Kohly. Hacia el sitio del Husillo hubo un chorro que dio agua, durante más de un siglo, a una ciudad que entonces no era ni la cuarta parte de la actual. El preciado líquido corría por la Zanja Real hasta el recinto antiguo, protegido por murallas que luego fueron demolidas cuando la población, ya muy numerosa, no cabía en el espacio original. Un estanque de aguas putrefactas era lo que se veía en el lugar del antiguo chorro. Alguien dijo alguna vez «a esta ciudad le falta un río respetable», por eso seguramente lo mencionamos tanto, por miedo a que desaparezca del todo, arrastrando sus leyendas, los cuentos e historias de homicidios, de violaciones, las anécdotas tejidas en torno a su existencia, muchas del pasado, otras mero fruto de la prolífica imaginación de los habaneros.

Dejé de mirar el curso enlodado que arrastraba la podredumbre de la ciudad decadente, descuidada, tan sufrida como la vida de sus habitantes, detenida en una espera indefinida, en silencio, aguardando a que un milagro la salvara y nos salvara, a todos, ciudad y gentes, del cataclismo final. No el que pronosticaba el propio gobierno en su afán de mantenernos en vilo como a animales que esperan a que se aleje una tormenta, sino el que intuíamos podía ocurrir de un momento a otro por tantos años de inercia y de abandono. El lodazal era el espejo de la ciudad. Sólo una fuerza inesperada, un ciclón superior a todos los ciclones, una manga de viento descomunal, lo que fuera, podría arrojar de una vez todo lo pútrido en el mar, liberar su lecho fluvial, dejarlo, ante el asombro de todos, al desnudo.

Los grandes ventanales de la sala de la Garcilasa daban para ese sitio. Esperaba a que saliera de su cuarto mientras contemplaba lo que quedaba del bosque de La Habana, después de siglos de talas y de aparente progreso, apenas unos árboles arrinconados entre los edificios y el río. Sentía que alguien me observaba de detrás de las paredes, a través de una mirilla escondida, invisible, a lo mejor disimulada detrás del ojo de uno de los personajes exhibidos por las pinturas académicas, de bastante mal gusto por cierto, que colgaban de las paredes de la sala.

En los altos del edificio estaba el *penthouse*, con piscina y todo, de un comandante famoso, que decían había luchado en la Sierra y que incluso sin haberlo estado realmente, la historia oficial se ocupaba de inventarle batallas que justificaban las medallas y condecoraciones que exhibía en el pecho durante los actos públicos, tantas, que el peso de aquella chatarra podría hacerle perder el equilibrio. En los tres pisos inferiores vivían técnicos extranjeros de países socialistas de Europa del Este, venían de un mundo en que el frío les encogía el cuerpo, donde el hambre daba para llenar capítulos si se editara una antología de la miseria, pero en nuestra isla, en el dulce trópico, vivían como sólo se vive en un país donde ser extranjero es un privilegio. Sin pagar un céntimo, disfrutaban de mansiones regias, de apartamentos de lujo que pertenecieron antes del triunfo de la revolución a las clases alta y media, se les autorizaba a comprar en divisas en tiendas donde los nativos no podíamos ni asomarnos.

Además, quedaban siempre impunes ante sus propias fechorías y, ¡el colmo!, nos miraban por encima del hombro, con ese airecillo de superioridad de quienes nunca tuvieron nada y que de pronto, por obra y magia del cielo, se ven con bienes y prebendas con las que ni siquiera habían soñado. Más que a sus profesiones, razón por la que se suponía que habían venido, se dedicaban a la bolsa negra: venta, reventa, trapicheo y hasta canje de productos que sólo ellos podían adquirir, para hacerse de joyas de familia u objetos preciados que la gente conservaba. El valor de aquellos tesoros significaba poca cosa cuando se imponía la necesidad de un ventilador, por malo que fuera y por poco que durara, para no morir asfixiado durante el tórrido verano o, incluso, unas cuantas latas de salchichas para no tener que acostarse con la barriga vacía.

En el cuarto piso de ese edificio de las Alturas de Miramar vivía la Garcilasa, ajena al encumbrado general, a los técnicos negociantes, al lodazal del río, a sus leyendas y, como decía ella misma, «al mundo colora'o», frase con que englobaba todo lo que existiese sobre la faz de la Tierra, desde su propia familia, vecinos, animales, leyes, noticias, meteorología, rumores, y, por qué no, sus propios amigos y hasta yo mismo. La Garcilasa lo que quería era que la dejaran vivir en paz.

—He adornado mi batilongo de damasco —dijo con una sonrisa amplia al salir de su cuarto, abriendo los brazos como una de esas cantantes de ópera china que con gesto delicado agradece los aplausos del público— con estas chucherías del Lejano Oriente que darán un poco de elegancia a mi mesa tan pobre hoy en condumios desde que mis padres olvidaron mandarme los refuerzos de Guyana. No comeremos *à volonté*, sino *à discrétion* —sentenció y mirando su reloj de pulsera me hizo notar que había llegado antes de tiempo.

Vio que no quitaba la vista del tercer puesto preparado con copas, platos y cubiertos. Me dijo entonces que había invitado a alguien más que se incorporaría al brindis final.

—Ahora te digo enhorabuena —prosiguió—. Si me lo permites empezaremos por el entrante.

Me irritaba cuando la Garcilasa se ponía en plan teatral. Las pedanterías en francés, sus chistes sofisticados, la manera de pasar por la vida como por una comedia, esa ligereza que de abusar tanto de ella nos había devorado, convirtiéndose en un arma de doble filo, en la razón por la que vivíamos pendientes de que otros hicieran con nuestras vidas lo que se les antojara, víctimas de una pantomima burlesca de la que nadie parecía cobrar conciencia.

De entrante trajo un sopón, un plato vietnamita llamado *phô*, e insistió en que había que ponerle el acento circunflejo a la «o» pues de lo contrario no nos sabría igual que en Việt Nam. Me tomé de poca gana su brebaje pasado de culantro, hierba que detestaba y que impedía paladear otros sabores. Me di prisa en acabarlo, tomándomelo de «tuntún», como decía la abuela cuando me obligaban a zamparme de un tirón alguna sopa indigesta, una forma de salir rápido del mal rato.

Fue a la cocina y regresó enseguida con una bandeja exquisitamente decorada, las lechuguitas y los tomatitos describiendo arabescos y rombos alrededor de unos huevos hervidos rellenos, cortados por la mitad.

—Huevos mimosa, querido. ¿Cómo crees que iba a darte solamente una entrada que sabía detestarías?

¿A quién de nosotros no le gusta todo lo que viene nadando en mayonesa? ¡Mientras más mayonesa, mejor! Los huevos no estaban rellenos con aquella salsa, según la receta original, sino que parecían ahogados en ella. Normalmente se hierven, se cortan por la mitad, se les saca la yema para mezclarla con la mayonesa y, luego, se vuelven a rellenar con esa pasta. El que quiera les puede añadir perejil, orégano, incluso pimientos rellenos o lo que se desee. Eso sí, la receta original, la francesa, no llevaba otra cosa que eso: huevo, perejil y una cantidad de mayonesa razonable, no la exageración que le echamos nosotros. Total, con mucha o poca salsa, aquello era una auténtica delicia que borraba el mal momento del *phô*.

La conversación no cuajaba. Ambos sabíamos lo que esperaba el otro, dábamos rodeos hablando de esto, de aquello, de todo y de nada; de que si resultaba extraño que siendo insulares no nos gustara el pescado, sino las carnes rojas. Nuestros ancestros en su mayoría fueron continentales, gentes que vinieron de tierras de abundante ganado y mucha caza, una teoría avanzada por ella que no me cuadraba. También descendíamos de canarios, le dije. Los insulares le temen a todo lo que viene del mar. Llámense piratas, corsarios, epidemias, huracanes o invasiones... todo lo que nos llega de las aguas significa peligro. Me parece que es esa la razón por la que peces y mariscos, salvo excepciones, no tienen muy buena acogida en nuestra mesa. En lo que sí estábamos de acuerdo era en que una isla como la nuestra no daría nunca, ni por lo que dijo el cura, un filósofo que valiera la pena, un Cioran, un Kant, un Sartre, por citar a cualquiera, capaz de dedicar páginas de elogio a un simple tomate, capaz de entender por qué éramos como éramos. Es más, en una isla así no puede nacer, ni de casualidad, un simple filósofo. Apenas salido del vientre de la madre, el calor de la atmósfera se encarga de derretirle buena parte de las entendederas. Punto.

La única que podía saber quién había escrito el anónimo que amenazaba con denunciarnos a mi madre y a mí por la venta de las obras era ella, intermediaria en dicha venta, al corriente de todo. Las pinturas ya debían colgar de las paredes de la casa de algún coleccionista de La Florida, de París o de España. No eran óleos de Leonardo, Rafael, ni nada comparable incluso con los peores clásicos del Louvre, sino más bien obras de pintorcillos locales, de eso que se llamaba «academia o vanguardia cubana», un par de trasnochados con veinte años de desfase con respecto a Europa. Pintores que por falta de otros mejores fueron entronizados por la crítica en el panteón de la pintura «nacional», la única que podría, a lo sumo, representarnos como isla de identidad propia.

Aunque nuestros cuadros no habían sido inventariados antes de la venta, mucha gente, demasiada diría mi madre, conocía de su existencia, incluso aparecían en cantidad de fotos tomadas en casa durante fiestas. Jota Uve, sin ir más lejos, se extasiaba siempre delante de un par de monjitas borrosas pintadas por Ponce en los años treinta, figuras que el efecto del salitre, amén de la pésima calidad del óleo, las habían convertido en personajes fantasmagóricos, medio pastosos, lo que a mi juicio hacía más interesante la obra. La erosión del aire de mar daba al lienzo la originalidad que Ponce no pudo, tal vez por estar demasiado obsesionado contra el ambiente de las cacatúas beatas de Camagüey, su pueblo de provincias. Quien nos quería aguar la fiesta de la salida del país con el anónimo a lo mejor no lo hacía por maldad, decía mi madre, sólo por asustarnos. Quién sabe si nada más pretendía divertirse un poco a costa del mal rato que nos hacía pasar. Dirá lo que quiera, sentenció Leocadia cuando le conté el apuro en que estábamos, pero eso aquí se llama mariconá. «Mariconá y de las gordas mi hermano, mariconá con el cocodrilo», y de verdad que era una cabronada tremenda, de la que más valdría salir pronto, no fuera a ser que el viaje terminara en la esquina de la casa, o, en el peor de los casos, detrás de las rejas.

Los modales urbanos de la Garcilasa nada tenían que ver con el origen de sus padres, funcionarios arribistas que llegaron a la capital a principios de la revolución y que a fuerza de empujones, de alguna que otra delación, simulaciones y guataconerías, esas zalamerías que tan bien le sientan a los poderosos, habían logrado un puesto oficial de representantes comerciales para Cubatabacos, solución ingeniosa que les permitía vivir en Guyana o en cualquier otro país más que en la isla. Su única hija disfrutaba a sus anchas de la ausencia de los padres, quienes sólo venían a La Habana a pasar el fin de año. La Garcilasa ni siquiera conocía el campo en que habían nacido sus progenitores, de hecho solía describirlo con la misma ingenuidad con que pintaron las ciudades del Caribe y de todas las Américas aquellos dibujantes de Delft, en épocas de Guillermo de Orange, quienes por no haber estado nunca en estas tierras se atrevieron a dibujar castillitos medievales, como los de Baviera, y hasta leones y avestruces en medio de una jungla que devoraba las recién fundadas ciudades del Nuevo Mundo. La loma de La Caoba, el sitio de la provincia de Pinar del Río al pie del cual se hallaba El Cuzco, el caserío natal de sus padres, se encontraba en la prodigiosa imaginación de mi amiga, en medio de una selva inextricable en cuya canopea anidaban pájaros de plumas doradas nunca antes denominados por Linné.

Un buen día le dio la locura de querer ver lo que hasta ese momento en su mente era pura mitología. Nos invitó entonces a acompañarla durante la visita a la tierra de la que sus padres se largaron en la adolescencia. Era en los inicios de nuestra amistad, cuando formábamos todavía un grupo unido. Nuestro adulto eterno, De Chirico, manejó el Lada 1600 de los padres de la Garcilasa, alejándonos de La Habana en dirección este. Íbamos como sardinas en lata, disfrutando con la idea de viajar aunque, como siempre, dentro de los límites naturales de la isla, obstáculo al que estábamos más que acostumbrados. Dejamos atrás los pueblecitos de Jaimanitas, Baracoa, el de Cabañas, el Mariel. El Lada serpenteó entre las colinas del Valle del Rosario hasta llegar a Minas de Buenavista, punto final de la parte transitable de nuestro recorrido. De más está decir que El Cuzco se hallaba en un sitio sumamente intrincado, para alcanzarlo necesitábamos caminar unos cinco kilómetros sobre senderos cubiertos de terrones por hallarnos en temporada de seca.

Leocadia, convencida de ser quien primero avistaría el caserío, trataba de sacarnos ventaja. La seguía Alexei, un novio que tuvo antes de De Chirico, la Garcilasa, y detrás, con la lengua afuera, Jota Uve, a quien en esa época llamábamos «Cuarto de Pollo» por lo pusinesco de su cuerpo; el Pepón y, finalmente, yo, cerrando la marcha, encargado de Gulún, el perro de Leocadia, que avanzaba a regañadientes por aquellos trillos endiablados. Su ama usaba siempre la frase de Diógenes de Sínope: «Cuanto más conozco a la gente más quiero a mi perro». Pero el caso era que no por eso se ocupaba mucho del can, siendo la frase lo único que realmente le gustaba repetir.

Durante todo el camino no paraba de pensar en algo que me había dicho la Garcilasa: «En el pueblo de mis padres todos somos parientes y así ha sido siempre desde hace más de dos siglos». Sus padres, lógicamente, eran primos. Por eso se apellidaba Acevedo, Acevedo y Acevedo ni se sabe cuántas veces. De milagro no habían salido todos medio mongólicos, pensé, pues sabido es que la consanguinidad no da otra cosa. La Garcilasa debió leer mi pensamiento porque dijo que por ser todos primos abundaban los tarados en la familia, empezando por ella.

Con ganas de hacer la marcha más llevadera inventamos entonces el juego de los conquistadores. Enseguida dije que interpretaría a Almagro, a pesar del trágico final de aquel temerario toledano, fallecido justamente en El Cuzco, aunque en el de verdad, o sea, el del Perú. De Chirico haría de Vasco Núñez de Balboa ya que le parecía extraordinario ser el primer europeo que vería el océano Pacífico. Por su parte a Alexei, neófito en conquistadores ibéricos, le dimos el papel de Hernando Pizarro, rogándole que no se fuera a rivalizar con De Chirico, a sabiendas de que entre este conquistador y Núñez de Balboa todo no había sido siempre color de rosa. En cuanto a Jota Uve, desde el inicio empeñado en sabotearnos el juego, «como si con todo lo que ya hemos caminado sobre estos terrones no fuera suficiente, para encima ponernos a intelectualizar sobre el tema», dijo, no tuvo otro remedio que aceptar a Cabeza de Vaca, a quien en el acto nombramos Adelantado, deseando se sintiese reconocido por nosotros. Finalmente, el Pepón, haciendo alarde de un conocimiento de historia insular que ignorábamos poseía, escogió a García de Holguín, joven conquistador extremeño de méritos poco conocidos, fundador del hato oriental que conservaría su apellido hasta devenir ciudad con el tiempo. «El único que tuvo el valor de enfrentarse a Hernán Cortés, por orden y gracia de Diego Velázquez», concluyó, mientras nos quedábamos un tanto boquiabiertos, aunque también intrigados por el inusitado arranque de cultura de parte de quien, hasta donde sabíamos, ignoraba incluso el nombre de la capital de Italia.

No existieron muchas mujeres conquistadoras en realidad, aunque sí muchas intrépidas que ocuparon el puesto de sus maridos. Entre ellas, en la isla, teníamos sólo a Inés de Bobadilla, esposa del gobernador de La Habana, Hernando de Soto, que Leocadia se apresuró en reservarse. Contaba la leyenda que cuando su marido se marchó con sus tropas a La Florida con el deseo de conquistar para el rey de España aquellas tierras pantanosas, ella, desesperada al no verlo regresar, deambulaba como una demente llamándolo desde lo alto de la fortaleza de La Fuerza, en lo que oteaba el horizonte en busca de alguna señal que le devolviese la paz. La otra mujer de conquistador conocida era Mencía Calderón, esposa de Juan de Sanabria, quien a la muerte de su marido quedó al cargo de la expedición del Río de la Plata. La Garcilasa se debatía entre escoger a aquélla o interpretar a Isabel Barreto, la única almiranta de la historia de América. Como Gulún nunca ladraba estimamos que haría de perro mudo, idéntico a los que los españoles encontraron tras su llegada a las Indias.

En el pueblo de Valdés una nube de jejenes nos dio la bienvenida. Quince guajiros, con sus machetes enfundados y colgando de la cintura, nos miraban atónitos, tal vez porque nunca habían visto a nadie con vaqueros entubados, pegaditos al cuerpo, como se usaban entonces en la capital. La gente del campo, siempre más recatada y ausente de las modas, desconocía este tipo de pantalones. Les preguntamos por El Cuzco. El semblante les cambió, como si les hubiésemos mentado al Diablo. Nos dieron la espalda y se largaron, aunque el más joven de ellos esperó a que los otros se perdieran de vista, y casi en un susurro, nos dijo que al pasar el manantial de donde brotaba el río Bayate continuáramos en dirección del poniente por lo menos dos horas más. Nada bueno viene del Cuzco, suceden allí cosas extrañas, son gentes muy raras, no queremos saber de ellos. Dijo todo eso sin darnos tiempo a preguntarle qué pasaba exactamente en ese lugar, y nos dio la espalda dejándonos muy intrigados. Si antes teníamos deseos de estar en el caserío, ahora que la cosa se estaba poniendo buena, nos moríamos de ganas de llegar.

Al final, después de muchas vueltas, dimos con el dichoso manantial. La noche estaba por caer, por lo que decidimos acampar. El Pepón había traído, además de una tienda de campaña amplia, todo el equipo que su padre utilizó durante una misión en Angola, cuando fue a combatir a las tropas sediciosas de Jonas Savimbi, el jefe militar que se oponía al gobierno marxista instaurado después de la independencia de Portugal. Balboa y Pizarro sacaron la cara por todos; ni García de Holguín, ni los restantes, sabíamos cómo enterrar una estaca, menos todavía cómo armar una tienda. En pocos minutos, gracias a la habilidad de ambos, estábamos cobijados en su interior, dispuestos a pasar nuestra primera noche en el campo. A decir verdad, no dormimos con la placidez que evocan los que escriben sobre sitios naturales. Todos los ruidos nocturnos del monte nos asustaban. Al día siguiente, al mediodía, como buenos capitalinos, estábamos todavía debajo de las mantas.

—Así sí que no llegaremos nunca a ningún lado, caballeros —oímos la voz enojada de la Garcilasa que fingía estar levantada desde temprano cuando en realidad se le veía en la cara que acababa de abrir los ojos.

Después de un café con leche en polvo, mezclando ambos ingredientes en un jarro colocado sobre una hornilla de carbón que traía Núñez de Balboa y colado después en un colador de yute, reanudamos nuestra marcha. El aseo nos lo dimos con las aguas casi congeladas del Bayate. No sé cuánto tiempo caminamos todavía, al menos el doble de lo previsto porque siempre a alguno se le antojaba orinar o se quedaba detrás recogiendo cualquier cosa, flores, piedras, caracoles, que no se veían en la ciudad. Lo que sí no olvidaré fue nuestra desilusión al llegar al caserío.

Las casas se veían pobres, despintadas, sin gracia, una a pocos metros de la otra, sin portales y justo con una cortina en lugar de puertas. Todas situadas a ambos lados de la única calle, llamada así: «La Calle», que no era más que un callejón polvoriento extendido en escasos metros desde el comienzo de la aldea hasta el pie del farallón que le servía de telón de fondo. Inexplicablemente, todas habían sido construidas al pie de esa gigantesca piedra, de la que ignorábamos todavía por qué llamaban loma de La Caoba, sobre la que crecían helechos gigantescos y colgaban lianas inmensas. Las raíces de unos árboles invisibles al no poder perforar la roca intentaban desesperadamente tocar tierra para sobrevivir en tan inhóspito sitio. Eso hacía que nos pareciese que la gran roca tenía pies dispuestos a desplazarla, a cambiarla de sitio. En El Cuzco no había nada del otro mundo, excepto la belleza de sus hombres y mujeres, rubios, ojiverdes la mayoría, probablemente descendientes de los primeros vegueros canarios que llegaron a la zona. Ni ellos mismos sabían cuándo sus ancestros se habían establecido en el paraje, ni por qué rehusaron a mezclarse con los de otros caseríos.

Núñez de Balboa dijo que él había leído que existía, en esa zona de Pinar del Río, una comunidad que vivía en autarquía desde el siglo XVIII. Al parecer eran curanderos, conocían los secretos de sanar heridas y enfermedades con diferentes tipos de aguas, aunque no debíamos confundirlos con Los Acuáticos, otra comunidad campesina que vivía en esa misma provincia, pero en la Sierra del Infierno, cerca del Valle de Viñales. Los de La Caoba nunca se habían mezclado con nadie, ni siquiera tenían carné de identidad, ignoraban el gobierno que nos dirigía y excepto los padres de la Garcilasa, no conocían desertores, ni solían recibir a forasteros. ¡El Paraíso celestial!, exclamó la Bobadilla. Sí, a condición de que si te duele una muela te curen de verdad con agua, le dije yo menos entusiasmado por el cuento de Balboa.

Al principio se mostraron huraños, la desconfianza parecía un rasgo natural de su comportamiento, hasta que la Garcilasa les explicó que ella era Clara Luz, la hija de Robertico Acevedo Acevedo y de Rosa Aurora Acevedo Acevedo, ambos primos entre ellos y primos a su vez de los ochenta habitantes de la aldea. Fue entonces que entre abrazos y avemarías pudimos entregarles los regalos que traíamos, en lo que García de Holguín intentaba indagar por qué los del pueblo de Valdés se habían mostrado reticentes con ellos.

Cuzco significaba ombligo del mundo en lengua indígena. Tampoco sabían ellos por qué se llamaba así aquel lugar. Las discusiones entre los integrantes del grupo se volvían acaloradas, nadie se ponía de acuerdo en si debíamos aceptar el techo que nos brindaban los del pueblo, o si era preferible que montáramos nuestra tienda en campo aparte. A mí me daba igual dormir allá que acullá, así que me fui solo a explorar el pie del farallón, intrigado por el tamaño descomunal de la roca, de los helechos arborescentes, de las raíces tentaculares. Fue entonces que surgió, confundiéndose con la sombra de una de aquellas raíces, con un verde en la mirada tan profundo como el color de las hojas de los helechos, quien desde ese día se convirtió en eso, en la Sombra, la de la risa celestial y perfectos dientes, la Sombra de cabellos de un rubio dorado que no había pigmento que los pudiese imitar, la Sombra de inmejorables facciones, tan armoniosas que costaba precisar a qué género pertenecía aquella imagen caída del cielo. Y surgió la Sombra para ponerle nombre a cada árbol al pie del farallón, a los insectos que me importunaban, a todo lo que aquel mundo maravilloso escondía, palabras que hasta ese día sólo había leído en libros, nombres que nadie utilizaba en mi mundo, sensaciones que empezaron a mezclarse con todos ellos, plantas que unieron su sabor al de nuestros primeros besos, palabras nuevas que me inspiraban miedo, que me calmaban cuando las pronunciaba la Sombra; palabras mezclándose en el aire, confundiéndose con mi nombre en las voces lejanas del grupo, que rebotaban deformadas, como si de sonidos guturales se tratase, contra las paredes del farallón; voces y melodías; mezcla, confusión, amasijo de sensaciones tan nuevas como aquel sitio que dejó de ser El Cuzco, que dejó de ser siniestro, al que no le hacía falta la existencia de Dios porque se podía nacer y vivir en él sin virtudes ni pecados. Un sitio al que desde entonces adoré en secreto, sin decírselo nunca a nadie, con el firme convencimiento de haber descubierto mi propio El Dorado, mi paraíso en medio de la debacle.

La felicidad hizo de mí el conquistador de radiante rostro. A semblante iluminado envidia asegurada. No tardaron los demás en inventar tareas que interrumpiesen lo que sospechaban era, sin que la Sombra ni yo hubiésemos contado nada, nuestro dulce embeleso. La

Alvarado llamó a un «Consejo de Indias», una junta que nos obligaría a cumplir con los propósitos del viaje. Hasta donde yo sabía nunca tuvimos otro objetivo que el de acompañar a la Garcilasa a encontrarse con sus raíces —lejanas, dijo después de comprobar la clase de parientes que tenía—, matando de paso el terrible aburrimiento del verano habanero, en que casi todos los amigos se iban de playa con sus familias o se largaban a otras provincias a visitar parientes. Cabeza de Vaca dijo que debíamos ser solidarios con nuestros anfitriones y, escuálido como era, con la poca fuerza que tenía para todo menos para hablar, sugerir y opinar, se le ocurrió que participáramos en la recolección de naranjas, actividad económica esencial de los moradores del Cuzco, una manera de costearnos la estancia sin constituir una carga adicional para nuestros anfitriones.

Se veía que la Sombra levantaba ronchas desde que nos vieron regresar juntos. A mí, que andaba por las nubes, me tenía sin cuidado que me pusieran a recoger naranjas o calabazas. Hasta los arañazos de los gajos espinosos de los naranjos me parecían masajes tailandeses, a condición de que la Sombra anduviese cerca, recogiendo en otro árbol, al alcance de mi vista, los mismos frutos. El misterio de aquellas matas era grande: arrancábamos sus frutos y al día siguiente aparecía la misma cantidad, y tan maduros como los ya recogidos. La cosa era como para volverse loco, pero a mí la felicidad me tenía tan ebrio que nunca traté de entender qué pasaba o si realmente había ocurrido semejante acto sobrenatural.

En mis nuevas exploraciones con la Sombra no tardé en comprobar mi ignorancia. Ni siquiera era capaz de diferenciar un árbol de aguacates de un cedro; me enteré que la papaya era una mata más bien raquítica y que la calabaza, contrario a lo que yo creía, crecía en forma de planta rastrera; que la malanga lo hacía bajo tierra al igual que la yuca. La Sombra se burlaba de «mi analfabetismo», dijo, en materia de campo; se desternillaba de la risa cuando pegaba un grito si un saltamontes me caía encima o si un sapo surgía de entre las hierbas. Se había reído a mandíbula batiente cuando creí que el tronco de un árbol derribado era un cocodrilo —icomo si hubiesen cocodrilos en esa zona!—, y cuando me eché a correr, trepándome en una mata por culpa de un majá de Santamaría, esa culebrilla inofensiva de Cuba, que cogía sol en medio del camino que llevaba al pozo.

El Consejo de Indias no tardó en promulgar unas tertulias literarias cuyo objetivo era, según la Bobadilla, aportar conocimientos a estos campesinos y no pasar por estas tierras vírgenes sin plantar la semilla del saber. Se creía en labor evangelizadora, mencionó a Verlaine, a Lorca y a Cavafis entre los poetas que debíamos recitarles, poco faltaba para que propusiese también clases de danza o de teatro. Las tertulias formaban parte del complot contra mi privacidad, con vista a acortar mis ratos de ocio con la Sombra, así que fingí no darme cuenta de sus planes solapados, decidido a continuar mi luna de miel a cualquier precio. Entonces para sorprenderlos a todos, mostrando indiferencia, fui yo quien dije que ya que íbamos a dárnosla de alfabetizadores lo mejor que podíamos hacer era enseñarles la poesía escrita por autores nacionales, con versos mucho más a tono con la vida del campo, cien veces más comprensibles que autores franceses, griegos o andaluces.

Aceptaron. Escogí enseguida, para que nadie se me adelantase, a Dulce María Loynaz. Un sitio tan intemporal merecía su poema «CXXIV», el único que conocía de memoria. García de Holguín agarró a Julián del Casal con su poema «En el campo», por muy eufemístico que pareciera:

> *Tengo el impuro amor de las ciudades*
> *y a este sol que ilumina las edades*
> *prefiero yo del gas las claridades...*

La falta de tacto con los del Cuzco era evidente, pero nadie quiso llevarle la contraria. Tocó el turno a la Alvarado que se decidió por tres sonetos de «Les conquérants», de José María de Heredia, quien escribió en francés pero había nacido en Santiago de Cuba. Gertrudis Gómez de Avellaneda, con sus múltiples tormentos y pesares, fue la poetisa de Inés de Bobadilla, que aseguraba que «Al partir», célebres versos de la intrépida camagüeyana, guardaban mucha relación con su propia historia, primero porque podía ser un homenaje a Hernando de Soto y, luego, porque ella misma se sentiría como un *cisne peregrino* si algún día tuviera que alejarse de las costas de la isla. Cabeza de

Vaca se decidió por «Oración y meditación de la noche», del padre Ángel Gaztelu, sin necesidad de justificar su elección pues, a decir verdad, tanto el poema como el personaje del padre le iban como anillo al dedo. Núñez de Balboa, el menos complicado, dijo que «Las frutas de Cuba» de Manuel Justo de Rubalcaba era lo que mejor entenderían los cuzqueños; mientras que Pizarro no conocía poema alguno y por esa razón aceptó incorporarse al coro de los que tenían algo que aprender.

La Garcilasa regresó de la cocina con un tazón humeante que formaba parte de lo que llamaba su alimentación zen.

—¡Tigres santanderinos con cepas y frijolitos chinos! —me anunció orgullosa por ser probablemente la única en la isla que preparaba las almejas a la manera cántabra, ahogadas en salsa de tomate natural, pimentón y albahaca—. Anoche soñé, la dosis afrodisiaca de los ostiones de ayer puede haber sido la causa, que hacía el amor contranatura con alguien que tú conoces, y que me imploraba que contrajera mis nalgas para no caer en el abismo que se abría a mis pies. He dicho «contranatura» para que me entiendas, pero sabes que soy de las que piensa que si Natura da un hueco lo más lógico es llenarlo, que para eso son las cavidades. Pero volviendo a mi sueño, mis brazos giraban como un rehilete, tratando de agarrar una rama de la que sólo quien me penetraba podía sujetarse. Ahora me doy cuenta de que la situación en la que estábamos era la misma que aparece en la escena del diluvio, pintada por Girodet, con la diferencia de que en vez de estar agarrada de su mano, mi asidero era su miembro erecto y mi salvación dependía enteramente de su turgencia. Mi caída sería proporcional a la pérdida de erección, por el simple hecho de que si eyaculaba antes de que surgiese el milagro que me salvaría, la caída en el profundo abismo sería inevitable. Una voz lejana me pedía que recordara, en ese momento dramático, cuando lo que estaba en juego era mi propia existencia, que dolor y placer se complementan de alguna manera cuando lo excesivamente placentero termina por causarnos dolor.

«En el sueño aparecías tú flotando sobre una tabla que se dirigía hacia La Puntilla, la desembocadura del Almendares —hizo ademán de señalar el sitio—. Parecías sosegado, no así la mujer que viajaba contigo dando gritos. Mucha gente había venido a presenciar, desde la orilla, la fuga. No podían ver mi delicada situación aunque me hallara en este lado del río en donde está mi casa suplantada, al mismo tiempo en el sueño, por la pared rocosa del farallón del Cuzco. Tenía clara conciencia, a pesar de estar dormida, de que era imposible que me hallara en las márgenes del Almendares y en aquel farallón a la vez, pero el esfuerzo físico por no caer me dejaba sin fuerzas para corregir el enredo. Lo extraño, como casi siempre ocurre en estas circunstancias, es que los veía a todos a sabiendas de que no podían verme a mí. La gente cantaba himnos marciales, estaban allí por la fuerza, una profunda tristeza los embargaba, como si quisieran ocupar el lugar de ustedes. El tablón llegaba casi a la desembocadura, las olas del mar se levantaban de pronto y volvían a arrastrarlo río adentro. Tú remabas, la gente agitaba banderas rojas, como en un desfile del primero de mayo. De pronto, una luz en el horizonte empezaba a crecer en la medida en que se acercaba a la costa. Formaba un cono, similar a un soplo absorbente, un boquete de luz que aspiraba los objetos a los que se acercaba, incluso parte del mar, como en ese sueño tuyo, el del organillero, que me contaste hace tiempo. La luz, en cambio, tragaba por un lado y lo devolvía todo por el otro, proyectándolo hacia un sitio que, de lejos, parecía otro mundo. De pronto, me veía acostada en mi cama rodeada de arañas y me desperté gritando.»

—Confesión por confesión: me toca entonces contarte el espejismo del que nunca te hablé. Recuerdo que en aquel viaje al Cuzco tú dijiste en un momento que habías oído decir a tu padre que era el único lugar desde donde podíamos darnos cuenta de que vivíamos en una isla. Lo curioso es que después, cuando estábamos en el caserío, no volviste a mencionarlo. Fui egoísta. No quise compartir contigo lo que la Sombra me mostró el día en que recité el poema que había escogido:

*Isla mía, ¡qué bella eres y qué dulce!... Tu cielo es un cielo*
                                                            *[vivo,*
*todavía con calor de ángel, con un envés de estrella.*

*Tu mar es el último refugio de los delfines antiguos y las*
*[sirenas desmaradas.*

«Ninguno de ustedes ha entendido ese poema ni podrá entenderlo sin ver lo que sólo nosotros hemos visto», afirmó después cuando ya todos se habían retirado y que la lección poética había terminado. Una isla puede ser una fatalidad geográfica que nos atrapa, un capricho interpuesto entre las ganas de ser libre y la prisión de sus aguas, pero es necesario comprobarlo. ¿Cómo cerciorarnos cuando nos faltan alas para volar o no dejan que te montes en un avión? Me dijo que camináramos y obedecí. Presentí que había escogido los mejores trillos, los únicos descampados, así el ascenso me resultaría menos fatigoso. Estábamos subiendo la loma de La Caoba, no por la parte que da al Cuzco, abrupta y rocosa, sino por la vertiente oeste, más suave, la que permite ver que se trata realmente de eso: una loma. Estaba oscureciendo, lentamente, se veía aún el resplandor del sol en el horizonte. Ya estábamos casi en la cima cuando sacó un pañuelo que me puso enseguida de antifaz. Sabía que a mis pies estaba el precipicio, que caminábamos por un estrecho sendero entre el vacío y las rocas, casi a punto de llegar al final. Me ordenó que me sentara en una posición en que caería entre sus piernas, sus axilas afincadas sobre mis hombros. De un tirón liberó mis ojos del pañuelo. "Ahora mira a ambos lados", me ordenó, y yo sentí la humedad de sus palabras, la calidez de la tierra sobre la que estábamos sentados, la caricia sutil de los últimos bríos del sol.

»Las colinas se allanaban hasta fundirse con los llanos. A mi derecha, de un azul muy pálido, el mar Caribe se prolongaba hasta el horizonte. Sin necesidad de voltearme del todo, a mi izquierda, el mismo paisaje se repetía hasta adentrarse en un mar de un azul más intenso, el Atlántico. Estás en la punta de La Caoba, dijo, el único lugar de la isla en que los dos mares estarán siempre al alcance de la vista.

»La visión de aquellas aguas se extinguía con la rapidez con que crecía la noche. Hubiese querido detener la fuga del sol, atrapar su luz para que no arrastrase el milagro de los dos azules. La angustia al no desear que aquella visión se esfumase debió reflejarse en mi rostro porque me invitó, hablándome al oído, a que pasáramos la noche en esa punta, en donde podríamos abrirle nuestros brazos al sol durante el alba, verlo abrazar con sus rayos más tiernos los dos Caribes, las dos costas, *la isla entera.*»

La Garcilasa asintió receptiva, se levantó majestuosa sin decir nada y regresó con un *cake* de dos pisos en el que había colocado tres velitas.

—Tú siempre me gustaste. Después del viaje al Cuzco supe que no había lugar para esperanzas. Por eso acepté que la Sombra dejase aquel pueblo de mierda y se instalase, al menos por un tiempo, en mi casa. Después de todo éramos primos y yo nunca, pudiéndolo, había hecho nada por esa familia que acababa de conocer el mismo día que todos ustedes. Enciende tu vela.

Obedecí. Entre tanto había estado anocheciendo. El reflejo de la llamita bailó sobre el entreseno que su batilongo chino dejaba casi al descubierto. Tenía los senos tan perfectos que parecía que el mismo Dios se los hubiera tallado en una tarde de ocio. Puro nácar. Porcelana. Cualquier cosa perfectamente moldeada. Inhumanamente esculpida. Me pidió que le coronara los pezones de merengue. Uno blanco, el otro de rosa, le dije. Como quieras. Ya sabes.

—En mi sueño tuve la revelación de cómo hacerles llegar al aeropuerto.

—Pero ...

—Silencio. No hay «peros». Recuerda que yo lo sé todo. He sido yo quien ha tramado cada paso. Enciende la otra vela.

Lo hice. La bata de seda se deslizó hombros abajo, la Garcilasa tenía un cuerpo de una Diana cazadora tallada por los griegos en la época de expansión del helenismo. El merengue le cubría los dos senos. Uno blanco, otro rosado, cumpliendo lo anunciado. No sé por qué recordé entonces a la heroína de *La libertad guiando al pueblo*, la francesa abanderada de Delacroix.

—Falta encender la tercera vela.

—No te preocupes. Todo tiene su orden. Esa puede esperar.

Sellé sus últimas palabras con el color con que había cubierto sus pezones. La hice incorporarse como si fuésemos a bailar un bolero, una de esas melodías dulzonas dignas de la mejor penumbra. Tirándome lentamente me fue guiando hasta su cuarto.

—Recoge la tercera vela. La encenderá quien falta.

Cerró la puerta de su cuarto. Sentí que otros brazos me halaban por detrás. La oscuridad no dejaba que viese la fuerza que me atraía hacia la cama. Debí suponer que algo le había echado a la sopa vietnamita porque de pronto era yo y a la vez no quien estaba prisionero de cuatro brazos. La sensación de vértigo era deliciosa, me provocaba un cosquilleo intenso y un miedo atroz a no poder librarme nunca de ella. A partir de ese momento sólo recuerdo haber visto una velita encendida, la tercera, sobre la mesita de noche. Luego, el ruido de un bombazo y una voz familiar que me dijo: «No son los americanos, no te asustes, es el cañonazo de las nueve».

# IX

*Breve currículo del fuego*

−11 de agosto de 1896: el pueblo, entonces un simple caserío alrededor de las dependencias de la compañía frutera de los Dumois, comienza a arder. Visto desde El Embarcadero, sitio de la bahía por donde se cargan y descargan los barcos con toda la mercancía, el espectáculo es espeluznantemente bello. En su libro, Ricardo Varona Pupo dice que es «la variedad de pinturas utilizadas en el edificio de dos pisos en que vivía la familia de don Alfredo Dumois» lo que pone el cielo multicolor. La orden de la quema, en plena guerra, la da el generalísimo Máximo Gómez al general Mariano Torres, quien no demorará en acatarla. Aquella familia de orígenes franceses, con su próspera empresa, le estaba restando brazos a la contienda bélica. Consecuencia: se arruinan los Dumois, los americanos se frotan las manos y levantan el emporio de la United Fruit Company, la UFCO, sobre las ruinas de la guerra.

−1901: un incendio se desata en lo que luego se llamará «La Manzana Triste», justo en donde una vez

162

hubo una cruz de madera al pie de la cual, antes de la guerra, los vecinos habían visto rezar a un misterioso hombre en harapos, hincado de rodillas frente a ella. Consecuencia: se quema toda la manzana, nace la leyenda de la cruz, los habitantes creen que el sitio seguirá quemándose hasta tanto no erijan allí un templo en la memoria del Supremo Creador.

–1907: se quema la primera iglesia católica, de madera y techo de zinc, sita en los jardines de la UFCO. Por descuido de su encargado, un fraile belga a quien llamaban Manolo, la llama de una vela dejada en el altar alcanzó una de las cortinas, propagándose por todo el templo. Consecuencia: se construye una nueva parroquia en unos terrenos donados por Manuel Domínguez gracias a la ayuda financiera del administrador de la Yunai, míster Harold Harty. En el terreno que queda libre se funda la iglesia Los Amigos, protestante, de vocación cuáquera.

–14 de enero de 1912: un dependiente de la casa comercial Presillas y Hermanos traslada un garrafón de alcohol con una vela encendida en la otra mano. Por descuido el recipiente se le resbala y la vela cae en el alcohol derramado. En breves minutos las llamas convirtieron en cenizas la tienda, danzando como locas hasta los edificios colindantes. Al final desaparecieron el edificio de la Colonia Española, la casa del doctor Robainas, el comercio Iglesias y Hermanos, la farmacia del doctor Romero y muchas otras casas particulares de la avenida de Cárdenas, de la calle Real y de las barriadas El Jobo y Torrenteras. Consecuencia: se crea un Cuerpo de Bomberos, se discute la necesidad de comprar suficientes mangueras y extinguidores.

–Dos de la madrugada del lunes primero de febrero de 1912: el centro social El Liceo arde. Dos jóvenes empleados, José Ricardo y Manuel Aguilera Sierra, pierden la vida. Al segundo lo hallaron carbonizado y reducido al tamaño de un recién nacido. Las llamas se extienden por toda «La Manzana Triste» convirtiendo en pasto de su voraz apetito las casas de doña Caridad Santos de Pino, de Alberto Quiñones, de Vicente Pupo, de Luis Chamberlain y familia, de Ricardo Hidalgo y familia, de José Cardet y Manuel Nieto. Se queman también el café Sol y Sombra, propiedad de Rafael Aguilera; la dulcería La Cubana, de Prado y Compañía; la tienda La Física Moderna; la barbería de Juan Valdés y la sombrerería de Juan Anido; la panadería La Espiga de Oro, propiedad de José Driggs que se hallaba instalada en una casa que pertenecía a Liduvino Quiñones González de Rivera; la mueblería La Competidora, de José Pérez Castro; la zapatería de la familia de Mariano Arochena; la talabartería de los Ferrales y la edificación en donde convivían la familia de Manuel Cantallops, la de Alberto Aguilera y una tienda mixta. Consecuencias: doscientos mil pesos de pérdidas, la miseria se cierne sobre quienes lo han perdido todo, el Cuerpo de Bomberos brilla por su ausencia, se toman medidas para no demorar su creación.

–*Circa* 1920: se quema el almacén de los hermanos Rafael y Anastasio Santiago, quienes habían nacido en Bayamón, Puerto Rico. Alguien que freía bisteces se descuidó y la sartén cogió fuego. Fue incendiada toda la parte del pueblo en donde estaba el negocio de los hermanos boricuas. Consecuencia: quedan al descubierto las manzanas en donde se construirá, años después, el imponente y moderno Palacio Municipal, así como otras importantes edificaciones de mampostería.

–Septiembre de 1935: arde la bodega de don Manuel Almira Cabrera que se encontraba al lado del puente que separa al pueblo del barrio de la Yunai. Un jamaiquino que hacía las veces de recadero, encendió un tabaco para espantar a los malos espíritus del río, seguramente a los famosos güijes, que según él pasaban entre los pilotes que sostenían la tienda. Sin darse cuenta, echó las cenizas encendidas en un saco de tusas de maíz. Como el río es un flequito miserable de agua no pudo aprovecharse su proximidad al fuego para extinguirlo. Consecuencia: la bodega se dio por perdida, Manolo no pudo volver a levantar cabeza y el jamaiquino desapareció sin que nadie oyera nunca más hablar de él.

–Junio de 1959: cincuenta y cinco galones de alcohol y manteca vuelan por los aires provocando explosiones tremendas tras el incendio del almacén de víveres de Rojas, en la carretera de Veguitas. En medio de la conflagración se empleaban buldózeres o niveladoras con el objetivo de combatir el fuego derribando paredes y muros. La proximidad del almacén a la gasolinera de la Texaco comprometía la situación. No lejos, dos bombas de gasolina más: la Sinclair y la Esso, hacían temer lo peor. Consecuencia: se calcinaron varias casas colindantes, también la panadería de Orestes Coyra; el gobierno consideró que aquello había sido un acto de sabotaje contrarrevolucionario y fueron detenidas muchas personas de las que se sospechaba.

–1967: se quema el antiguo bazar (ya confiscado) de Roberto Rodríguez, la Casa Fernández y una hojalatería del centro del pueblo. El fuego se originó cuando las chispas de la fragua de esta última saltaron, por descuido, a las vigas de madera de la edificación. La madera utilizada en algunas casas del pueblo era pinotea de California impregnada de brea para garantizar su larga conservación. Se trataba entonces de una madera altamente comburente que arde de forma estrepitosa, soltando mucho humo negro y partículas de hollín. Consecuencia: pérdida total de la casa, construcción posterior en ese mismo sitio de una heladería llamada La Sombrilla.

–1974: se incendia una pequeña fábrica de extracción de aceite de coco que se encontraba en la orilla oeste del río. La llamaban La Coquera. Allí extraían del coco la masa, la molían, la secaban al sol y, por último, la cocinaban usando como combustible los propios cascarones de la fruta. Como estos se acumulaban en grandes cantidades, bastó un descuido de un operario para que uno de ellos se incendiara y se propagara el fuego, extendiéndose a toda la fábrica. Consecuencias: nunca más hubo otra fábrica de aceite de coco. Era la única de su tipo en el país.

–26 de julio de 1979: un fuego de grandes proporciones destruye completamente el gran almacén de la

166

UFCO, una mole de concreto y cemento construida en 1920 y primera entre las grandes tiendas departamentales de la isla. Es la primera vez que el acto por el 26 de julio, fecha que el gobierno declaró fiesta nacional, se celebrará en la ciudad de Holguín, capital de la provincia. Consecuencia: el hambre azota al pueblo porque en el gigantesco almacén se conservaban las reservas de alimentos de toda la zona; el gobierno fusila al negro Roberto Periche a quien culpa de haber cometido un sabotaje.

## Dos niños contemplan el fuego

Nunca habíamos oído a la sirena de madrugada. Es la bocina, colocada en lo alto del Taller de Locomotoras desde la época en que su potente pito sonaba varias veces al día para ritmar la vida obrera en los almacenes, aserraderos y oficinas de la Yunai. Un motor trifásico de cinco caballos de fuerza acciona un simple mecanismo que corta el aire emitiendo el estrepitoso silbato a siete kilómetros de radio de donde se encuentra. Con el tiempo, cuando la compañía dejó de existir, el ruido agudo característico de la sirena se mantuvo. Servía a quienes siguieron trabajando en los predios del Barrio Amarillo, indicándoles la pausa del almuerzo, también el fin de la jornada laboral. El pueblo se guiaba por su sonido. En nuestra casa, le permitía a agüe Rosa saber si estaba atrasada en los preparativos del almuerzo. Por las tardes, a eso de las cuatro y media, nos ponía a desfilar ante la ducha, avisándonos del horario sagrado del baño.

Estoy agarrado del brazo de Jo. Le hinco con tanta fuerza las yemas de los dedos que se queja del dolor. Tengo los ojos que se me quieren salir de las órbitas. La noche se ha vuelto naranja. Sobre el negro telón de fondo se disparan llamaradas azules, violetas, de púrpuras ígneos, en la medida en que el fuego se va apropiando de sustancias que cambian su coloración. Azul si es alcohol, naranja cuando alcanza los barriles de manteca. El humo está cargado de partículas en combustión. Danzan en el aire. Ascienden, se alejan, regresan, bajan, chocan unas con otras. Desde la otra acera, todos los que miramos el espectáculo tenemos las caras enrojecidas por la alta temperatura ambiente.

Hay quienes vaticinan que si las llamas alcanzan el área de los depósitos de petróleo, la explosión será tan grande que no quedará nada del pueblo ni alma con vida para contarlo. La tía abre mucho los ojos cuando oye decir esto. La veo conferenciando con la gente del grupo de donde salió la alarmante conjetura. Cualquiera se acobarda con la idea de salir de allí carbonizado, volando por los aires. Puedo darme con un canto en el pecho de que me hayan permitido contemplar el fuego desde la primera línea. Es un peligro estar ahí, a escasos metros del escenario dantesco. Están todos tan ensimismados en el espectáculo que ni cuenta se dan. Son pocos los niños que gozan de esta dicha, porque pocos son también los mayores que se han atrevido a sacarlos de las casas. A tan sólo dos metros de mí una niña un poco más pequeña que yo contempla fascinada las llamaradas. Tiene ese pelo lacio que aquí llaman «chino», la tez de porcelana, la cara fina, los ojos muy negros y almendrados, como ascuas ante la pira descomunal. Jo se da cuenta de que la miro, me dice que es la hija de Albis Torres, una poeta. Es la primera vez que oigo la palabra «poeta», pero no tiene tiempo ahora, que me lo expliquen luego, sospecho que él tampoco sabe muy bien qué significa. Insisto. «Pregúntale a tu tía..., ella estuvo en la Academia de Pintura, se codeó con gente de ese mundo, medio chiflados todos, creo que la conoció.» Al rato se da cuenta de que no me ha dicho todo lo que piensa. «Si te fijas en el nombre: Albis, a lo mejor entiendes qué quiere decir poeta.»

El almacén de la United Fruit Company era la obra más descomunal de todas las que los americanos construyeron en Oriente. Cubría una manzana entera, le cabían ni se sabe cuántos camiones y rastras. Allí se almacenó por décadas todo lo que necesitaban los empleados que trabajaban en los colosos azucareros Boston y Preston. El Boston se llama ahora Nicaragua, el Preston no sé. De lo que el almacén escondía en sus entrañas se alimentaban pueblos enteros. Su interior estaba dividido por departamentos. La escasez no existía entonces, no habían confiscado aún las propiedades. Tenía más de diez secciones que Jo conocía de memoria: la tienda de ropas a cargo de Jesús Consuegra, la de víveres administrada por Nicomedes Gandol, la ferretería en donde sólo mandaba Manolo Raffo, la peletería con Pepe González al frente, el bazar, los depósitos de hielo, los de materiales de construcción, las oficinas... decenas de cubículos en donde se activaba, entre encargos, nóminas y catálagos de compra, el numeroso personal que allí trabajaba. Por El Embarcadero descargaban barcos repletos de novedades que en poco tiempo inflaban el vientre del famoso edificio. Era la cuna de cuanto objeto se inventara en el Norte, la antesala de la modernidad. A pesar de que todo aquello se había acabado, por allí seguía transitando buena parte de los productos con que se vestía y alimentaba la provincia.

Por suerte el almacén estaba entre la calle Tráfico, la misma en cuyo lado opuesto nos apiñábamos para ver el fuego, y el río, un hilo imperceptible, que bajaba desde las lomas de La Musén hasta perderse en los campos de Rondón, antes de llegar a la bahía. El cauce profundo de lo que debió haber sido un río caudaloso, impedía que las llamas avanzaran apropiándose de la parte más vieja del pueblo. Una sola chispa que saltara hacia el otro lado y arderían irremediablemente, una tras otra, todas sus manzanas.

La niña de los ojos rasgados ni pestañeaba. Lo miraba todo como si se tratase de una visión celestial, una de esas apariciones que sólo existen en los cuentos que les oímos a los mayores. Seguro que no sabría tampoco qué querría decir poeta. ¿Qué había querido insinuar Jo con aquello de que el nombre de su madre lo explicaba todo? Ahora se oye a un hombre decir que daba la puta casualidad de que ese día los dos carros de bomberos del pueblo tenían sus tanques vacíos. «La culpa no va a ser de ellos, sino de los de la Conaca que no nos pusieron el agua hoy, pero de todos modos aquí van a cortar varias cabezas, te lo digo yo.» El hombre que dijo todo eso no paró, mientras hablaba, de imitar el gesto de una decapitación con arma blanca. Esa niña no debe pasar de ocho años. Da la impresión que viene de muy lejos. Quién sabe si ella también es poeta y Jo lo ignora.

La sirena se ha vuelto ensordecedora. Todo el mundo se pregunta de qué sirve que siga sonando si ya no queda nadie por enterarse, si todo el pueblo está de este lado de la calle, en la acera y entre las matas del bosquecito, frente a la terminal de ómnibus, mientras las llamas continúan con su danza espectral. Se han calmado un poco las que quemaron la parte delantera del edificio. No porque las hayan apagado sino porque ya no queda nada que puedan devorar. El ruido que hacen los cristales al saltar da miedo. La atmósfera es sofocante. Crujen los pedazos de vigas del techo, las barras de hierro son fraguas incandescentes, los toneles que contienen los rones explotan provocando enormes lengüetas azules, como gigantes dispuestos a tragarse la noche. Por las puertas corre, buscando una salida, un líquido oscuro. Parece la sangre de aquel gigante herido, buscando un sitio por donde huir. Deben estar ardiendo los sacos de especias porque por encima del olor a maderos chamuscados se siente el romerillo, el clavo, la nuez moscada. Las brasas cocinan todo aquello. Lo mismo se beben los aceites, saltando de tanque en tanque, que crepitan en los sacos que contienen hojas de laurel y ramas de canela. Es imposible separar tantos olores que se fugan del vientre profundo de los depósitos.

La tía apenas tiene tiempo para explicarme qué es poeta. Me dice que sí, que conoce a la persona de la que Jo dice que la niña es hija. Nunca más supo de ella, se fue a La Habana, a estudiar, cree. Dice que un poeta es alguien que se emborracha de palabras, que las saca como un mago de debajo de la manga y las pone unas juntitas con las otras para decir cosas que nadie sabe decir. Alguien que no le teme al sentido de las cosas porque para él todo y nada tiene sentido. Un poeta salva a las palabras de la muerte o las deja morir cuando pierden su misterio. Me pregunto si la tía no tendrá también algo de poeta. Me ha respondido con palabras que comprendo pero cuyo sentido se me escapa. «Cualquiera no es poeta», me dice. Y me pregunto qué poesías pudo escribir la madre de aquella niña, cuántas palabras salvó del olvido y a cuántas dejó morir por la rabia de verlas perder el velo mágico que las envolvía. ¡Si al menos conociera esas palabras! Creo que haría todo lo posible porque no desaparecieran. Debe ser muy triste un mundo en que se pierden las palabras, en que se esfuman cuando ya no tienen nada que decir. Prefiero no saber por qué el abuelo dice que Albis es como una palabra que explicaría el sentido de poeta. No quiero saber más nada, el misterio debe quedar intacto. Quién sabe si gracias a esto esa niña de mirada triste salvará de una muerte segura las palabras que su madre condenó al olvido.

Ya va quedando muy poco del almacén. No sé cómo el pueblo podrá reponerse de esa enorme llaga abierta en la parte que más duele, en el recuerdo altivo de sus años de bonanza. Sin ese gigante ya nadie nos creerá que venimos del centro del mundo, que nacimos en un sitio tan próspero que nunca se le abandonaba. Lo decía la Paca, también el tío Manolito que trabajó ahí veinte años antes: «Es un prodigio en el que nada falta, ni bellezas ni riquezas». Qué vamos a hacer ahora sin ese lugar pródigo. Cómo podremos llenar el vacío enorme que dejará en la ancha calle Tráfico. De qué podremos jactarnos cuando sólo quede un poco de piedra calcinada y ese olor a desolación, a tierra quemada, a fin del mundo que inundará al pueblo por tiempo indefinido.

La única manera de salvarlo del olvido es entregándole su alma a los poetas. Si he entendido bien, sólo ellos, sólo alguien como la madre de esa niña, como esa misma niña si se decide a heredar lo que la madre le deja, pueden atrapar las palabras antes de que el fuego se las lleve al corazón de la hoguera. Por eso busco su mirada en esta noche de miedos. Ya no le temo al hambre que dice agüe Rosa que pasaremos por culpa de todo lo que se ha perdido, porque se han convertido en cenizas las vituallas de todo un año. Qué más da que las llamas se hayan llevado mis dulces preferidos, los caramelos, las melcochas, aquellos pirulíes deliciosos que siempre Jo me traía por las tardes.

Puedo prescindir de todo eso. Puedo hacer de tripas corazón para comer incluso lo que aparezca, aunque me provoque arcadas, aunque no me guste ni un poquito. Lo que no quiero, lo que no puedo aceptar, es que el fuego se lleve las palabras.

*Anexo al currículo del fuego:*

–1980: se declara un fuego en la casa parroquial de la iglesia Nuestra Señora de la Caridad. En realidad se ha extendido desde la casa de al lado, una cuartería en donde se incendió una de esas cocinas de mala calidad que venden en las ferreterías. El elegante edificio art déco había sustituido desde la década de 1940 a otra vieja construcción de madera con techo de zinc y campanario, construida frente al parque. A un lado de la iglesia, en el mismo estilo, se levantaba la casa del párroco. Frente a su altar se casó Mancha de Plátano con una distinguida dama de la sociedad, cuyo padre fue administrador de la compañía norteamericana. Esa familia está en guerra. Son ellos quienes han secuestrado el destino del país, dentro y fuera, desde hace tiempo. Lo decía Jo a cada rato.

–17 de noviembre de 2004: se incendia el emblemático Club Casino o Club de los Americanos, elegante construcción en manos del Ministerio de Educación después de la nacionalización de las propiedades. Dicen que perecieron los ancianos Américo Almaguer y Argel Tomís. Con él desaparece también otro símbolo del pueblo. Allí estuvieron hospedados, además del Hombre y de Mancha de Plátano, el mismísimo presidente Richard Nixon y tantas otras personalidades que no vale la pena recordar porque ya nada queda.

Consecuencia de todos los fuegos: las palabras sobreviven a las llamas.

## X

Leocadia me acompañó días después a lo de Guillermina. Con lo chismosa que era no iba a perderse lo que saldría de la consulta.

El barrio de la santera, muy cerca de la Plaza de la Revolución, se llamaba La Timba, una especie de *terra nullius* entre el cementerio y lujosas residencias de clase media de un reparto de los años cincuenta conocida como Nuevo Vedado. En las calles ondeaban banderolas rojas y cadenetas de colores atadas de un poste a otro del tendido eléctrico; anticipaban el desfile del primero de mayo que con bombos y platillos se festejaba cada año. Se trataba de un acto popular de reafirmación revolucionaria que con el tiempo se fue convirtiendo en marcha masiva orquestada del principio al fin por el gobierno. Ya nadie desfilaba por ser trabajador, sino que hasta sin serlo se estaba obligado a hacerlo, de lo contrario fichaban a los ausentes entre los contrarrevolucionarios. Los comités de vigilancia —cuyo título eufemístico era «de defensa de la revolución»— sacaban a la gente de su propia casa. Nadie debía quedarse sin desfilar. La idea extravagante de obligar a miles de personas a agitar banderitas frente a una tribuna donde, al amparo del sol, se encontraba la plana mayor del gobierno, drenaba aún más la ya depauperada economía de la isla, desde hacía años en estado cataléptico. La propaganda no se andaba con miramientos, qué más daba si resultaban o no convenientes esos desfiles, lo importante eran las panorámicas de la marea humana tomadas desde un avión y colocadas al día siguiente en las primeras planas de los periódicos del mundo. Se repetía lo mismo que en otras partes, desde la Alemania nazi o la España de Franco hasta la Rusia de Stalin, pasando por un sinfín de gobiernos populistas de los cinco continentes. Aprendizaje inútil el de esta pobre humanidad que seguiría tragándose la píldora del bienestar social de manos de unos tunantes. Abraham Lincoln dijo que la demagogia era la capacidad de vestir las ideas menores con palabras mayores. Debe ser por eso que en este país, a pesar de haber sido él quien aboliera la esclavitud en el suyo, nada lleva su nombre, excepto una escuela de idiomas que pocos conocen. Al ver los postes engalanados para la magna efeméride no podía evitar cierta aprehensión. Nuestra llegada al aeropuerto dependería exclusivamente de ese desfile.

Guillermina nos recibió con una sonrisa de lo más enigmática. Las gotas de sudor se acumulaban como perlas en su frente haciéndola brillar, las piernas aquejadas de linfedema le daban la majestuosidad, aunque también la fiereza de esos tótems que son fetiches venerados en el África negra. Nos besó en la frente, con el índice señaló el altar situado en un rincón de la saleta de su casa, sonó la campana llamador de plata, rezó en lengua, mascó unas yerbas que olían a albahaca, tal vez a menta, y removiendo cuatro pedazos de coco de los que se utilizan en el oráculo de Biague los lanzó sobre un tablero, como si se tratase de dados, dispuesta a aconsejarme qué hacer en el futuro.

—Lo tuyo no es tan complicado nene —dijo sin mirarme—. Te salió una letra de *otawe*: tres cocos con lo blanco para arriba y sólo uno invertido. Lo que te voy a mandar... Bueno, tú sabrás si te conviene o no hacerlo. Tienes que pedir permiso a la Diosa de los Mares para cruzar *sus* aguas —recalcó el «sus» al pronunciarlo—, que son, como sabes, la prisión de una isla, pero también su puerta abierta... Antes... quiá, quiá, quiá... —escupió las hojas que entre tanto no había parado de mascar—. ¿Qué veo aquí?... Ya, ya... ya sé. Antes, tienes que limpiar todo lo malo que hay regado en tu casa desde los tiempos de Ñañá Seré. Vamos a empezar, óyeme bien, con un par de melones bien grandotes, que los pondrás en alto, sobre un mueble tipo escaparate. Hincas en sus cortezas dos velitas como las de un barco de miniatura que vas a fabricar con retazos de tela blanca pensando en bogar, bogar y bogar. Me vas a dejar esos melones quietecitos, muy quitecitos, recogiendo por siete días todo lo que ellos pueden recoger. Olvídalos durante esa semana. *Nuestra Señora de Regla, Yemayá bendita, reina de las aguas, madre de todos los orishas, Olokum, Yembó y Yemmú, creadora de Ilé Ifé, madre de la naturaleza y de la humanidad, recoge esos melones en tu seno, esa ofrenda que te está dando el joven Orlando, recíbelos en tu mar que es la bahía que él va cruzar para arrodillarse ante tu sagrado altar.* Atraviesan los dos la bahía, tu madre y tú, en la lancha de Regla, con los dos melones en un bolso. Cuando la lancha esté justo en el medio me los tiran al agua, de espaldas y sin mirar hacia el lugar donde quedarán flotando. No se preocupen que Ella, nuestra reina, los recibirá con gusto. *Recíbelos mi santa negra que es la ofrenda para que lo malo se quede bajo el agua, para que todo el mal de ojo que les han echado los sinvergüenzas quede limpiado por ti, Negra bendita, con tu agua que lo cura todo, que lo borra todo, que se burla de todo lo malo haciéndonos renacer.* Una vez frente al altar le ponen flores blancas a la Virgen. Un buen ramo de flores blancas. *Yemayá orisha Obunrin dudú, kuelú re meye abayá ni re oyú, ayaba awó gba okí mi, Iyá ogá ni gbogbo okuo, Yeye Omó eyá, lojunoyina ni re ta gbogbo akun nini iwo re olowo, nitosi re Omó terriba, adukue Iyá Mi.*

—¿Eso es todo? —pregunté incrédulo, extrañado de que el trabajo no pareciera tan complicado, a pesar de que conseguir melones en la ciudad era ya una tarea de titanes.

—Si de verdad quieres que todo les salga bien, al llevar los melones al agua lleven también, cada uno, diecisiete kilos prietos... Las monedidas esas de antes, las de un centavo que se usaban en tiempos de los americanos. A San Lázaro le gustan esos kilitos de cobre, ¡vaya usted a saber por qué! Viejo Lázaro, Babalú Ayé, hermano de María Magdalena, resucitado por Jesús, obispo de Marsella, orisha de la tierra acompañado por Ikú el espíritu de la muerte, santo arará escúchanos ahora. A medida que se encaminen hacia Regla, en cuanto pongan un pie fuera de la casa, empiecen a soltar, de a poquito, un kilo por aquí, otro por allá, uno cuando se bajen del carro, otro en el muelle de la lancha, así, sin prisa, hasta deshacerse de los diecisiete antes de llegar al templo. A Eleguá que abre caminos también le encantan esos kilos. Hay que pensar en ellos también, mi vida, que Yemayá y el agua ayudan, pero hay que pisar mucha, pero mucha tierra, antes de que puedan atravesar el mar y yo los veo a ustedes, no sé cómo, rodeados de miles y miles de personas poco tiempo antes de despegar, como si miles de personas hubieran venido obligadas a despedirlos y ninguna estuviera en realidad despidiéndolos. No me preguntes cómo es posible, lo que yo sé es que a mí mis cocos nunca me engañan.

Puse los billetes en el altar del santo de Guillermina, tres azules con Camilo Cienfuegos en el medallón, pago al santo, nunca a la santera, aunque luego esta le pida permiso para cogerlos. Después de ser bendecido, sin esperar más recomendaciones, salí de allí con Leocadia hasta la esquina del Yang Tsé donde antes íbamos a comer maripositas chinas. Mi amiga se desvió rumbo a su casa, mientras que yo me encaminé en dirección del puente del Almendares, camino de la mía.

Jota Uve estaba de visita. Al fin iba a enterarme qué quería, ya que la última vez me había dejado esperándolo. Me enseñó, en vez de saludarme, la foto de algo que parecía un panteón abandonado en un cementerio. Qué querrá que haga yo con eso, me pregunté. Debió de notárseme el asombro en el rostro porque enseguida me aclaró de qué se trataba. Era el mausoleo que René Lalique había diseñado en el cementerio Colón de La Habana para que reposaran los huesos de la ilustre Catalina Lasa, la misma dama que causó el escándalo más sonado de la sociedad cubana de principios de siglo cuando no existía todavía la Ley del Divorcio y quiso dejar a su marido, el acaudalado Pedro Estévez Abreu, por un joven que había conocido en una fiesta, el también riquísimo hacendado Juan Pedro Baró.

—Sí, la tumba de Carrara y Lalique que costó medio millón de pesos, que en la época equivalía a medio millón de dólares.

—¡Exacto! Lo has entendido todo.

En la casa el ajetreo iba en crescendo. María de la Luz había venido a ayudar, como en los buenos tiempos. A Jota Uve le costaba disimular lo intrigado que estaba, se le veía que estaba loquito por preguntarnos si nos mudábamos de casa. Disfrutaba dejando que se cociese en su propia lucha interior, por un lado las ganas irreprimibles de preguntarme qué pasaba; por otro, el orgullo que le obligaba a fingir indiferencia.

—Veo que hay mucho revuelo en tu casa... —comentó cuando ya no podía más.

—Sí, la verdad. Bueno... ¿y a qué viene ahora toda esa historia de la Lasa y Pedro Baró?

—Viene a que si no lo sabes han saqueado el panteón. Parece que entraron en la capilla por uno de los paneles de cristal que estaba flojo y han empezado a robarse todas sus maravillas, pieza por pieza, para venderlas a los coleccionistas en París. Dicen que hay un americano en Montreuil, un barrio de las afueras de esa ciudad, que vende hasta las ediciones príncipe de los primeros libros impresos en la isla, robados de la Biblioteca Nacional. El mismo americano se encarga de vender en piezas el panteón de Catalina Lasa.

«Están saqueando», dijo. Este es el país del impersonal en tercera persona del plural. «Van a prohibir», «han dicho», «han roto», «han decidido», «van a acabar», «han olvidado», «van a cerrar», un sinfín de «han» y «van» que nunca explican de quién se habla exactamente, quién da las órdenes, quién las acata.

—De acuerdo, pero qué quieres que haga. No soy el Historiador de la Ciudad ni el Ministerio de Cultura. ¡A esos les pagan para que velen por estas cosas! ¿O no?

—Chico, pero qué indiferencia la tuya ante el robo de nuestro patrimonio. La verdad que es lo que yo digo: un pueblo que como postre es capaz de engullir cascos de guayaba almibarados con queso crema no será nunca un pueblo civilizado. ¡Menos aún, serio!

Hasta ese momento creía que Jota Uve era el autor del anónimo. El hecho de que hubiera venido a casa con el asunto del patrimonio robado, o sea, lo mismo de lo que nos acusaba el autor de la intrigante carta, hacía que lo descartara de la lista de sospechosos.

Por tercera vez María de la Luz nos pasaba por delante cargando cojines, lámparas, cajas. La buena negra siempre había sido parte de la muy diezmada herencia que dejaron los abuelos antes de irse. A María de la Luz le debíamos que no nos hubieran robado la casa durante el tiempo que duró el episodio oriental de mi madre. En esos años de ausencia, los buitres no pararon nunca de rondar la propiedad viendo qué posibilidades tenían de apropiársela con muebles, cuadros, objetos personales y todo. Nos contó ella misma que hasta el embajador de un país africano, de Mozambique, precisó, se enamoró de la residencia. El tipo venía todos los días a averiguar si ya la dueña estaba de regreso, en ocasiones hasta dos veces en menos de veinticuatro horas. A María de la Luz no le quedó más remedio que echar mano de los polvos. Rayó palos durante tres días. Palos del monte Barreto, palos de verdad, recogidos por ella misma de las matas, rayados con un guayo. «Recién cortaditos, niña, para mejor efecto.» Consiguió entonces una foto de Su Excelencia mozambiqueña con la cocinera, su «cúmbila», dijo, que trabajaba en la embajada. Y el embajador no se olía nada de aquello y seguía viniendo a ver la casa, y ya lo había agarrado fisgoneando detrás de las ventanas del comedor, haciéndose la boca agua con todo lo que calculaba robar. «Metimos cascarilla hasta en el techo, baldeamos todo con agua bendita, echamos sahumerio de tabaco del bueno durante tres días, amarramos al orangután africano ese con unos alfilerones que daban miedo, y hasta nos conseguimos un carrito de juguete para meterlo con máquina y todo en mi prenda, con los hierros y mis huesos de muerto.»

María de la Luz nos mostraba, apenas entrados por la puerta de casa después del largo viaje desde Oriente, la página del periódico oficial que publicó la noticia. Aquella hoja era su mejor trofeo, la recompensa de sus santos, para que viéramos que su prenda, su *nganga*, era de ley, que siempre le respondía, que no había trabajo que le pidiera que no se lo cumpliera, que no quedaba nadie con vida cuando se le atravesaba en el camino a ella o a cualquiera de las personas por las que sentía cariño. «¡Y mire qué notición!», le dijo a mi madre que parecía agotada del viaje interminable, del fracaso de su vida, el fin de sus ilusiones, la huida de las garras de mi padre, la fuga de todos esos fantasmas vestidos de hombres que la tomaban de rehén desde que tuvo conciencia. Extenuada también de sólo pensar en lo tarde que era ya para emigrar, en el hecho de que en la casa no la esperaba familia alguna para ayudarla a lograrlo.

*A las doce del día de ayer lunes, falleció S.E. el señor Mobongo Soarez Souza, Embajador de la República de Mozambique en un trágico accidente que le costó la vida. El señor Soares Souza se disponía a recorrer las instalaciones de los becados de ese hermano país en Isla de la Juventud y se encontraba en el varadero de la Kometa, cuando resbaló con una cáscara de plátano que le hizo perder el equilibrio y caer al agua. Lamentablemente Su Excelencia no sabía nadar y el ruido del motor de la embarcación ahogó sus gritos. Un libro de condolencias ha sido abierto en la sede diplomática del hermano país que el nuestro ayudó tanto en su independencia de Portugal.*

—¡Que lo entierren bien enterra'o señora Erlinda al negro fresco ese! Ojalá que un bicho se coma el esqueleto bajo el agua, que no quede ni rastro de él. ¡De que mi prenda responde, sí que responde!

A María de la Luz como a muchos negros no le gustaban los de su raza. Después nos enteramos de que el embajador había intentado cortejarla, pero ella era de las que no se acostaban con otro negro ni aunque la molieran a golpes. Por eso siempre repetía «las muchachas de La Habana son prietas como morcillas y se quieren poner blancas a fuerza de cascarilla», pues según ella después de que metían la pata casándose con un negro querían que sus hijas luciesen y viviesen como blancas. «Y un negro lo único que da es salación y atraso, mi niña.»

—¡Ay, Jesús, María y José! —fue todo lo que dijo mi madre y nunca supe si esa María era la madre de Jesús o María de la Luz, la que mató con su cazuela de brujera al embajador de Mozambique.

Jota Uve empezaba a desesperarse. En realidad no tenía nada más que contarme ni yo tampoco a él. A medida que se acercaba la fecha de salida del país me iba poniendo paranoico. A pesar de que nos íbamos al amparo de las leyes oficiales, la sensación de estar cometiendo algún delito, de incumplir con una promesa o precepto moral, era inevitable. La culpabilidad formaba parte del andamiaje psicológico con que se nos mantenía en vilo. Jota Uve sorbía su té lentamente. Ambos nos quedábamos absortos, contemplando las flores en los canteros.

Cuando la gente abandona un lugar que difícilmente hubiese dejado por voluntad propia, las plantas quedan por mucho tiempo como depositarias de la memoria. Al principio se marchitan un poco, debe ser la tristeza de no volver a sentir a su dueño, de que no sea él quien las riegue de nuevo. Luego, recobran poco a poco el verdor, se adaptan a quienes las heredan, aun cuando nunca olviden al que las sembró un día. El jardín era el mejor tributo a la tierra por parte de la madre de mi madre. Su mano esmerada se sentía en cada planta del jardín, todo lo verde que había sobrevivido desde su partida había sido su obra, pues nadie más plantó nunca ni una rosa.

Parece que la abuela Carlota había sido una mujer excepcional. Tres pasiones ritmaron su vida: los viajes, la jardinería y los libros. *Carlota nel canale della Giudecca con Marco il gondoliere* (1935), *Carlota y Joaquín, un nativo, a orillas del Titicaca* (1937), *A Madame de Loret de Mola, un souvenir de notre visite à Lourdes, signé Laurent Lacoste* (1938), *En Abou-Simbel con las Mendoza* (1950). Cientos de fotos marcadas al dorso, de cuadernos de viajes, recuerdos de visitas a múltiples países, tarjetas con hermosas vistas de monumentos, fetiches de todo tipo. Hojear sus cuadernos de notas era viajar a latitudes que con el tiempo habían dejado de existir o no existían ya en la dimensión en que ella las describía.

186

*Nuestro guía en Madrid fue una bendición. Salimos de
la villa del oso y del madroño, en dirección de Toledo. Carlos se llama. Representa la devoción cristiana que los españoles dejaron en la península antes de zarpar hacia Cuba.
Yo rezo con él en cada altar para seguirle la corriente, para
no contribuir a la mala reputación de ateas que tenemos las
caribeñas. No hay iglesia en la que olvide a su Señor. En lo
que yo admiraba el transparente de Tomé acordándome de
mi abuela que siempre decía «Rey o príncipe heredero, arzo-
bispo de Toledo», él jesuseaba de lo lindo en el tétrico sagra-
rio de esta monumental iglesia. Camino luego por la ciudad
pensando en la maravilla que pudo haber sido si no hubieran
sido tan necios de expulsar a los moriscos y a los judíos de
las tierras reconquistadas por Castilla. Ahora languidece,
como casi toda España.*

La biblioteca de Carlota era como un *sancta sancto-
rum*, no tanto porque fuese un lugar sagrado en el sentido religioso, sino porque sólo accedíamos a él los de
la casa. Había allí, además de libros que con el tiempo
se habían convertido en prohibidos, otros cientos de
ediciones antiguas, españolas, francesas e italianas, tratados de floricultura, de pintura, ediciones príncipe de
autores de los siglos XVIII y XIX, manuscritos de autores
que la abuela había frecuentado, libros dedicados por
Tennessee Williams, por Ernest Hemingway, escritores
que frecuentaban la ciudad, e incluso, dos poemas manuscritos e inéditos de Lorca que el propio autor de
*Bodas de sangre* le había regalado cuando estuvo de visita en la casa vieja, que era como se le llamaba a la
casa de sus padres en la calle Calzada del Vedado.

Los tratados de botánica exhibían el subrayado con el que solía destacar determinadas especies que deseaba procurarse, con vistas a clasificarlas para, una vez conseguidas, plantarlas según las afinidades entre ellas, evitando perjudicar la sensibilidad de las más altivas con la intromisión de aquellas de grotesca expansión. Hasta la selección de las macetas lucía obra de delicada experta: las había de talla impresionante, también minúsculas, unas con ranuras laterales, otras con un hueco en la base, o con varios hoyuelos en los lados, cada una según la imperiosa necesidad de determinadas plantas en conservar la tierra húmeda o seca. Todo ese mundo había quedado encerrado en la amplia biblioteca de la casa, cuyas ventanas ni se abrían por miedo a que las termitas u otros insectos ávidos de viejos papeles se dieran buen banquete con aquellos tesoros incalculables. Ahora poco importaba que la biblioteca entera fuese devorada.

De cualquier modo nada de lo que allí había, nada de lo que nos pertenecía por haber pertenecido a los nuestros, nada de nada, ni siquiera una hoja suelta, podríamos llevar en nuestro viaje. De esta isla se sale definitivamente y tan desnudos, o casi, como vinimos al mundo. Algo que, sin dejar lugar a la amargura, pudiera hasta considerarse poético, sobre todo por quien no pierde nada. Un verdadero renacer en otra latitud, nos dijo la vieja Luisa consolándonos, acostumbrada a ir quedándose cada vez más sola y con menos objetos.

Entre los tesoros de bibliófila, su tercera pasión, había que contar los cartapacios de desnudos artísticos que gozaban de gran aceptación cuando llevaba alguno, a escondidas, a mis clases de preuniversitario. Despertaban deleite y envidia entre los varones y grititos de rechazo o susto entre las hembras melindrosas. Cada vez que podía les mostraba a los del aula algún nuevo cuadernillo. Los desnudos, de tan realistas, daban la impresión de que el modelo podía estar esperándonos a la salida de la escuela, o que cualquiera de esos hombres o mujeres no habían posado en el pasado sino que caminaban por las calles en ese mismo instante. A juzgar por las fechas anotadas debían estar ya muertos o, en todo caso, extremadamente viejos.

Algunos compañeros de clase me proponían pagarme con tal de que les prestara hasta el día siguiente algunos dibujos. El negocio me daba suficiente dinero para comprarme cigarrillos y pagar mi entrada al Johnny's, mi discoteca preferida, donde bailábamos con música disco cada sábado. Todo iba viento en popa hasta que la madre de Lisette la Dragona, a quien llamábamos así por fea y dientuza, y a su madre, por las mismas razones, la Superdragona, se apareció un día en la escuela protestando porque según ella a su hija la obligaban a ver pornografía durante las clases. ¡Ella que era una revolucionaria, que había sido internacionalista en la isla de Granada, justo en el momento de la invasión de los yanquis, y que por culpa de aquel ataque enemigo se había quedado sin casa, ya que a todo el que iba de misión a algún país le daban una vivienda cuando terminaban y a ella no se la habían dado porque los americanos pusieron fin a la misión de los cubanos que

189

estaban en esa isla caribeña y a todos los habían mandado de vuelta a Cuba castigados por no haber sabido defender aquella tierra de las pretensiones imperiales del enemigo! Nunca supe por qué la Superdragona tuvo que contar lo de Granada que nada tenía que ver con el asunto de la pornografía de la que decía que era víctima su pudorosa hija. Lo que sí supe fue que enseguida me convocaron a la dirección de la escuela, en donde me confiscaron el cuadernillo de ese día que era justamente en donde la abuela había dibujado a Errol Flynn desnudo, uno de esos actores norteamericanos con los que se codeó gracias a las influencias del abuelo en el gobierno y, sobre todo, en la Banca.

Cuando me confiscaron el cuaderno, para vengarme, aproveché una de las ausencias de mi madre, quien solía irse de vez en cuando a darse curas termales a un sitio llamado Elguea, y organicé una exposición en casa, si no de todos, al menos de buena parte de los desnudos. *La desnudez escondida*, se llamaba la muestra, e invité sólo a los amigos íntimos, que a su vez invitaron a sus íntimos, de modo que en poco tiempo la exposición devino la fiesta del barrio. ¿Dónde es el güiro esta semana?, preguntaban en la calle. En casa de Orlando, con encueramientos y todo como en las mejores fiestas de percheros, respondían a quienes preguntaban mintiendo sobre la naturaleza de la fiesta que, por supuesto, no sería una orgía. Aquello, de exposición refinada pasó a fetecún, a fiestón multitudinario, a güiro que es como se le llamaba entonces a los bailables en las casas particulares los fines de semana.

—Se acaban de robar un jarrón Ming —dijo mientras seguía columpiándose.

—En mi casa nunca hubo jarrones Ming —le respondí pensando en la fiesta de los desnudos durante la que sí se robaron, en cambio y todavía no sé cómo, el ventilador de techo de la cocina.

—Niño, de tu casa no, del Museo de Artes Decorativas, otrora casa de la marquesa Revilla de Camargo. ¡La verdad es que siempre estás en las musarañas!

Me avisaron que la Garcilasa me llamaba por teléfono. Buen pretexto para deshacerme de Jota Uve. Lo acompañé hasta la puerta. Del otro lado del auricular la prima de la Sombra me decía: «Prepárate que ya tengo la solución. El primero de mayo estarán a tiempo en el aeropuerto o me dejo de llamar Clara Luz Acevedo y Acevedo».

# XI

La terminal de ómnibus estaba que metía miedo.

—Hay que salir de aquí a cualquier precio. ¡Años, meses y días de buches amargos, sepultándome en vida en este pueblucho! ¿Te das cuenta?

Había que ser acróbata para moverse allí dentro. La gente transportaba de todo, cajas repletas de viandas y frutas, animales enjaulados, sillas plegables, parasoles, sacos abultados, lo que a cada quien se le ocurriese sin límites de tamaño, tampoco de contenido.

Un tipo discutía acaloradamente, quería que le permitieran subir al autobús con un refrigerador que acababa de comprar; mientras, el enorme aparato obstruía el paso, al dueño le importaban poco las molestias que causaba.

Habían regado por el suelo aserrín y virutas de madera rociados con querosén, eso perfumaba el ambiente, pero sobre todo cubría de manera radical el hedor que desprendían los servicios sanitarios que casi nunca limpiaban. Con tremenda indolencia la auxiliar de limpieza arrastraba un haragán de un extremo al otro de la gran sala de espera, mantenía un ritmo uniforme hasta que, de pronto, deshacía con un gesto brusco los montículos de aserrín que con tanto esmero acumulaba. Daba la impresión de que acababa de recordar algo que la disgustaba, eso explicaría tal vez sus accesos repentinos de rabia. Quién sabe si estaba frustrada con el trabajo, o si el marido la había dejado por otra. La tía hubiese dicho que a esa mujer «le daban prontos». Más bien parecía como si alguien le hubiera hecho una mala acción. ¡Cada cual con su condena! La nuestra, ver como salíamos del pueblo.

Eran tres las categorías de pasajeros: los que con ojos desorbitados y cara de dementes no quitaban la vista de la pizarra que anunciaba las llegadas y salidas de los ómnibus; los que les daba lo mismo una cosa que otra y dormían con placidez, y hasta roncaban, sin que el ruido de conversaciones, gritos, llantos de niños y la música de ambiente lograsen despertarlos; y, por último, quienes se aprovechaban del barullo para socializar, entablar conversaciones, averiguar qué productos se vendían en el mercado negro o a quién podrían encargar otros, enterarse de detalles o situaciones de vidas ajenas por el simple placer de pasar el tiempo, de tener la sensación de que habían sacado lascas del estado de desesperación en que nos hallábamos todos. Las tres categorías, sin embargo, emprendían una acción común: espantar las nubes de guasasas atraídas por los restos de comida en el piso.

La orquesta del estribillo de la niña que quería que le dieran su leche estaba rompiendo todos los récords en materia de decibeles. De tan fuerte que la habían puesto, los altoparlantes de la terminal temblaban.

Cuando anunciaban la salida inminente de un ómnibus, la voz del taquillero se oía entrecortada, y todos corrían hacia la plataforma exterior por si acaso había anunciado el ómnibus que esperaban.

—¡Dios, sólo por no volver a oír esa canción valdría la pena largarse de aquí! —dijo mamá en lo que intentaba salvar el hilo de una de sus medias que se había enganchado en una yuca medio salida de un cajón, en lo que nos dirigíamos al ventanillo de venta de boletines. Había un gallo peleón atado a una argolla cerca de la taquilla. Ya varios se habían quejado de la desconsideración del dueño del ave, pero el vendedor de boletines, amparado por los barrotes de su cubículo, fingía no darse por enterado de las molestias que ocasionaba.

—¡Por favor, Orlandito, camina!

Los pies ni se me veían. Brincaba cajas, esquivaba el picotazo del gallo, trataba de no quedarme a la zaga en la carrera sin freno de mamá, decidida a llegar cuanto antes a la capital, no fuera a ser que a su marido lo sacasen de la estación del DOP y nuestro viaje terminase en el punto de partida.

—Buenos días, dos turnos de lista de espera para la Colmillo. Un menor y una mayor embarazada... es una urgencia, sabe, me acaban de notificar que mi esposo ha tenido un accidente, se cayó de una grúa, puedo mostrarle el telegrama... ¿Dónde lo metí? ¡Ay, es que tengo la cabeza! ¡Nadie se lo imagina!... y este niño acabando con mi existencia... Sí, sí me calmo... ¡Ay, qué es esto! Mal rayo lo parta. ¿De quién es este gallo?... ¡Niño, para de brincar por tu vida! ¿Tú no ves que el señor taquillero... sí, sí, disculpe, expedidor de boletines quise decir, tiene razón, es que este niño me saca de quicios... está resolviendo nuestro caso? Sí, gravísimo, en el Ortopédico... No, no, Fructuoso Rodríguez... Fémur, tibia, peroné, todos los huesos de la pierna derecha. ¡Desbaratada! ¿Se da cuenta de mi cruz?... Verifique, verifique, ¡no faltaba más!... Sí, Fructuoso Rodríguez,... No, no, mi marido se llama Luis. Fructuoso es el nombre del hospital, un mambí o algo así, no sé bien... Sí, pega con fractura, no me había fijado. ¡Qué ocurrente y gracioso es usted!... ¡Uf!.. ya, ya, es que sí, los nombres, qué lío, lo comprendo, a mí me pasa igualitico con mis alumnos... ¿Disculpe? Sí es que se le oye muy mal con el ruido de la música, aquí todo el mundo grita a la vez... ¿A qué hora ha dicho...? ¡Madre del verbo, y yo tengo que soportar el berenjenal este hasta las nueve de la noche! ¡Si yo te digo a ti!

Ni estaba embarazada y el telegrama que mostró era falso, se lo había mandado la tía Norka gracias a una amiga que tenía en una oficina de correos en La Habana. Se alejó del ventanillo furiosa por el anuncio del tiempo de espera. El gallo puso fin a la obra comenzada por la yuca y de un picotazo se llevó una franja entera de hilos de su media.

—Avívate, que cuando llegue la Colmillo Blanco de La Habana esto va a ser de a correr liberales de Perico.

La que se tenía que avivar era ella porque a mí el gallo no me había picado ni una vez.

—¡Mira por todo lo que me haces pasar! ¡Si lo que dan es ganas de colgarse de una mata de guácima!

Al final los platos rotos se quedan de este lado. Yo, que sólo esquivaba al gallo, que, aunque parecía haberlo olvidado, fui quien encontró las famosas llaves de las maletas. Cero agradecimientos. La Colmillo Blanco por lo impecable del color con que la habían pintado era la guagua japonesa de la fábrica Hino que viajaba una vez por día del pueblo a la capital. Único artefacto moderno que rodaba por los campos del país, en donde todos los vehículos databan de cuando los americanos. Aquí lo bueno era lo que quedaba de antes, y lo nuevo la porquería que nos mandaban los rusos, como los ventiladores plásticos sin careta protectora que con el calor del motor perdían las hélices y pobre del que se encontrase en medio de su trayectoria dislocada.

—¡Y pensar que yo llegué a este cucurucho de pueblo de miér.. coles montada en... en... en fin, ¡déjame ni pensarlo!

Me extrañaba que el poema del Cadillac rosa no hubiese aparecido en el menú del día. Cuando lo mencionaba se le olvidaba que se había quitado a aquel muerto de encima, así decía, porque al no haber piezas de repuesto se había convertido en «un niño bobo», al que dedicaba días enteros tratando de reparar esto o aquello. Y cuando no eran los neumáticos, era el freno el que fallaba, o la correa del ventilador que se partía, el tubo de escape que estaba tupido o cualquier cosa, hasta que todo quedaba resuelto y entonces era la gasolina la que escaseaba.

El bosquecito estaba frente a la terminal y al sitio donde antes estuvo el gran almacén de la Yunai. Entre los árboles había un estanque con estructuras indefinibles de más de metro y medio que imitaban cisnes rosados, recubiertos de un repello irregular del tipo «gotelé». No se sabía qué rayos era aquello, si jardineras o esculturas hechas por un repugnado de la vida. Desde el año de la quema del almacén el barrio olía a infierno. Entre los árboles veía desplazarse algo brillante, un instrumento musical sin dudas, parecía una trompeta. Intenté definir lo que era pero me zarandearon y casi arrastrándome llegamos a la caseta donde solían estacionarse los choferes de las máquinas de alquiler. Por un precio hasta cinco veces superior al de un billete de ómnibus llevaban a la gente adonde desease, aunque raramente a la capital, por lo lejos que se hallaba.

—¡Qué monada de niño!

¡Solavaya, solavaya y solavaya! Tres veces, como me enseñó Nilda Genoveva, una prima de abuela Rosa. La mujer que me llamó «monada» me miraba con cara de devoradora de niños. Mamá la recorrió con el láser de su mirada, de arriba a abajo, y mientras la otra esperaba por alguna reacción empezó a tocarme el cerquillo, a revolverme el pelo, a hacerme un kikirikí, esa crestica de gallo ridícula que se le hacía a los niños chiquitos para las fotos de estudio.

—Estoy desesperada —confesó—. ¡Tres pasajeros más y lograré completar la máquina gris que está debajo de aquella mata hasta La Habana!

—¿Máquina? ¿Habana? —chilló mamá. La altanería con que la había mirado antes se desvaneció ante aquel «abretesésamo»—. ¡Máquina! ¡Habana! ¿Dónde, cuándo, cómo y cuánto, señora?

—Son setenta....

—¡Lo que sea! —la interrumpió—, yo lo que quiero es salir ya de aquí. Lléveme a ver al chofer de ese anchar, somos dos pero con tanto equipaje que llevamos pagamos por tres. ¡Arriba, muévete niño, que en Belén con los pastores no se llega a ninguna parte, capaz que perdamos este chance!

—Venga por...

—Por donde diga, usted es la experta. ¿Usted ya parió? —y el «ya» sonó a meta, a plan quinquenal, a obligación.

—No, yo...

—¡Pues ha hecho muy bien! ¡Ni se lo ocurra! Consejo de corazón. Guíese por mí. Mire lo desquiciada que estoy.

—Por suerte tiene...

—Sí, pero este «uno» vale por tres —mamá no dejaba ni hablar, ella misma se respondía las preguntas que hacía y las que no terminaban de hacerle—. ¡Con dos hubieran tenido que internarme en el hospital psiquiátrico de Mazorra!

En lo que nos acercábamos a la máquina, mamá me hincó las uñas en el brazo. Esa era la señal de que no podía decir «ni esta boca es mía». Reconocí inmediatamente al Cadillac, aunque ya no era rosa ni tenía la elegancia de la máquina en que íbamos a Morales.

Aunque fue mi madre quien quiso deshacerse de ella, en realidad correspondió a mi padre la idea de cambiarla por un Dodge del cincuentiséis, una auténtica catana, una bartabia, una porquería comparada con la que había traído mamá en su llegada.

El chofer quiso mostrarnos lo confortable del vehículo en que viajaríamos, sin sospechar hasta qué punto lo conocíamos de memoria. Pegó un pie en seco en el acelerador y obtuvo como resultado inmediato que una nube de humo saliera de debajo del asiento trasero inundando la cabina. Hubo que abrir las cuatro puertas y hasta el maletero para que se fuera la humareda. «A veces es caprichosito y se extrema», dijo un poco consternado por el efecto inesperado, dando unos toquecitos afectuosos en la carrocería. Además de que había perdido su color original, los asientos, antes de cuero, estaban recubiertos por el material con que se forran los muñecos de peluche.

—¡Usted es un portento! —dijo mamá a la señora que no me dejaba en paz el cerquillo.

«Una salación», me dije para mis adentros. «Portento», nuestra salvadora, no continuaba el viaje hasta La Habana, sino que se bajaría en Guaracabulla, justo en el centro mismo de la isla, el pueblito en que había crecido y donde le quedaban todavía unas primas, las Santamaría, que no había vuelto a ver hacía la mar de años. Primas que no paraban de invitarla a cada rato. A nadie le importaba a quien Portento iba a ver, pero en poco tiempo ya sabíamos que nunca se había casado, que el primer degenerado que la perjudicó la dejó

199

abandonada («de la que se libró», acotación de mamá), que en aquellos tiempos una mujer deshonrada no encontraba nunca un buen marido («¿entonces la tía fue deshonrada?», acotación mía y correspondiente revirón de ojos de mamá para que me callase / «ni bueno ni malo», acotación del chofer), que por eso tuvo que irse de aquel pueblo pequeño en el que ya era la comidilla de todos, razón también por la que había llegado a Banes («cambió Guatemala por Guatepeor», una de mamá) en donde nadie la conocía («alégrese, señora», intervención del chofer), que nunca había regresado a Guaracabulla («seguramente no se ha perdido nada bueno allá», turno de mamá) y que ahora vivía muy feliz, sola, sin perritos ni gaticos («¡cómo la envidio!», exclamación al unísono del chofer y de mamá), ganándose la vida con su trabajito de acomodadora del cine gracias al cual conocía tantas, pero tantas películas que si nos aburríamos de ver campo durante el viaje podía contarnos la que quisiéramos, que la última que habían puesto se llamaba *Secretos de un matrimonio,* de un sueco llamado Bergman, un verdadero suplicio («no lo dudo con ese nombre», cuchareta otra vez de mamá), pero que la había visto quince veces porque era larga y no había quién la soportara completa.

A mamá le pareció exagerado el precio de doscientos cuarenticinco pesos de pasaje, el salario de un mes de trabajo, pero como Portento sólo recorrería la mitad del camino no era justo obligarla a abonar un pasaje completo hasta a La Habana, que era casi el doble del trayecto. Ni quería correr el riesgo de esperar a un hipotético cuarto pasajero, por miedo a que liberasen a la bestia del DOP, ni Portento deseaba perder aquella oportunidad, pues llevaba dos días tratando de completar la máquina.

—A menos que en Guaracabulla encontremos a alguien que ocupe el lugar de la señora y quiera seguir el viaje con nosotros.

Los tres me miraron con cara de asombro y se lanzaron miradas de todo tipo. El chofer arqueó las cejas y me echó una que lo mismo podía ser de admiración que de desconfianza. Total, que mi solución convino a todos ya que el chofer quiso que nos sentáramos para ver lo de la distribución y el espacio que quedaría en caso de que en el maletero no cupiesen las cinco maletas más los cuatro neceseres que llevábamos. «Normalmente, dijo señalando a la acomodadora del cine con la boca, la señora por ser mayor debería ir detrás, pero en este caso, como hay un niño de por medio, le daremos a ella el puesto delantero a mi derecha.»

Los reflejos de una trompeta dorada, de la que por momentos asomaban fragmentos entre los árboles, se proyectaban lo mismo sobre la carrocería de la máquina que en nuestros rostros, obligándonos a esquivarlos. El chofer quería enseñarnos cómo funcionaba la capota plegable. Nadie le hizo caso.

Sin darnos tiempo a arrancar, mientras luchaba contra la manía de Portento de acomodarme el cerquillo, el dueño de la trompeta se acercó a la máquina. Fue a hablar con el chofer, quien seguía buscando un

201

cuarto pasajero, a pesar de que mamá ya le había dicho que aunque le parecía caro pagaría también el puesto libre. No pude entender lo que hablaron, pero al poco rato el chofer introdujo su desagradable cabezota por la ventanilla para preguntarnos si alguien se oponía a que aquel individuo nos acompañase sólo hasta Holguín, a setenta kilómetros de donde estábamos.

—Así se ahorrará veinte y cinco pesos, señora —añadió dirigiéndose a mamá.

Las dos dijeron que no eran racistas, «no faltaba más», y que les daba lo mismo, aunque mamá aclaró que en ese caso prefería que Portento viajase detrás con nosotros, a lo que esta aclaró bajito, para que el trompetista no lo oyera, que estaba dispuesta a hacerlo a condición de que el «compañero de color» no tuviese mal olor debajo del brazo.

—Porque usted entenderá que con mal olor, el brazo levantado y la ventanilla abierta, el que va detrás llega violeta, si llega, de tanto aguantar la respiración.

El chofer aseguró que ya él había estado oliendo «el ambiente», pues lo mismo había pensado ya que si algo él no soportaba era el mal olor en las axilas, en buen cubano, dijo, la peste a grajo que aqueja más a las personas de color que a los blancos, como saben. A mí nadie me preguntó nada. Si Portento, con el espaldar de por medio, no había perdido la más mínima oportunidad para toquetearme el cerquillo, ahora, con la nueva disposición de asientos, me martirizaría a sus anchas hasta que la dejáramos en el Guaracarrecontralayuca ese adonde dijo que iba.

Relucientes los dos, el instrumento y el portador que dijo llamarse Kindelán. Usted es el cornetista de la conga, dije reconociéndolo aunque hubiese cambiado de instrumento y ya no llevase la corneta china original con que lo había visto guiando al cortejo. El mismo que viste y calza, fue su respuesta sonriente. Saludos de coco para todos de unos dientes exageradamente blancos y aún más sobre fondo tan negro. Agradecido de que me hayan aceptado, y para servirles en lo que manden, añadió. El chofer volvió a pulverizarme con la mirada, visiblemente molesto cada vez que yo abría la boca.

El Cadillac arrancó con un ruido tan estrepitoso que por un momento pensamos que de la salida del pueblo no pasaba.

# XII

Los quince municipios de la capital, alineados como batallones, amanecieron en sus puestos. Empezarían a desfilar en cuanto sonaran las notas del *Himno Nacional*. La Lisa y Marianao ocupaban la avenida de los Presidentes, en la que no había quedado presidente en pie, a excepción de José Miguel Gómez y Gómez que conservaba su propio mausoleo. Centro Habana y La Habana Vieja, municipios de alta densidad demográfica, apenas cabían en la ancha avenida de Carlos III, luego Simón Bolívar, aunque se seguía llamándola por su antiguo nombre. En punta, listos para inaugurar la marcha, los de Habana del Este y Regla se apiñaban en la estrechez de la calle Zapata, cuando se angosta antes de explayarse a partir de Zanja. San Lázaro desembocaba en la Colina Universitaria, allí los cederistas de los municipios Cerro y de Guanabacoa, muchos vestidos de azul y blanco por ser los colores de los orishas de los que eran devotos, aprovechaban el tiempo vendiendo comestibles, prendas de vestir, amuletos, protecciones y hasta fetiches contra los malos ojos. El administrador de una peletería de barrio se había robado un contenedor de chancletas metededos de las que costaban diez pesos, y ahora las revendían en el mercado negro, a veinticinco. Diez de Octubre y San Miguel del Padrón, en la angostura de la calle Ayestarán, esperarían a que se vaciase Carlos III.

Todos avanzarían en dirección del monumento a la República, conocido como «La Raspadura» porque imitaba los conos azucarados de melaza de caña cristalizada. Bastante feo, por cierto, y hasta enigmático pues nadie sabía qué había dentro. Apostados en la calle Aranguren y en la avenida Manglar, los de Rancho Boyeros, el Cotorro y Arroyo Naranjo harían una complicada pirueta y dos lazos para pasar frente a dicho monumento. Reyes en su propio feudo, los de Plaza, municipio que englobaba los barrios del Vedado y Nuevo Vedado, se protegían del sol descansando bajo la sombra de los laureles de la calle Paseo. Nosotros, los de Playa, esperábamos apostados en la que bordeaba el cementerio.

La Garcilasa, autora de la idea extravagante de que desfilar era la única manera de llegar al aeropuerto, se comprometió a acompañarnos hasta el final. Todavía no había llegado. Su intención era que después del desfile nos escapáramos del largo discurso e intentáramos llegar hasta los autobuses que debían regresar al municipio Rancho Boyeros, que era donde se hallaba la terminal aérea. Le pregunté cómo iba lograr que un conductor aceptara llevarnos antes de que el Supremo terminase su monólogo revolucionario. «Eso me lo dejas a mí», me respondió con mucha seguridad.

Nos habíamos levantado a las cinco y media de la mañana. A quien madruga Dios lo ayuda, dijo mi madre antes de dar el portazo final en la que hasta ese día fue su casa. Mirándola ahora, cansada, tensa, agitada, costaba trabajo reconocer en ella la frescura de aquella mujer que en condiciones más o menos similares, huyó once años antes del pueblo de mi infancia. Me leyó la cartilla invariable de situaciones como esta, en que el acopio de aplomo era imprescindible: cero amilanamientos o sensiblería y mucha ecuanimidad para soportar todo tipo de humillaciones. A lo que añadí mucha dignidad cuando finjamos que aplaudimos a Mancha de Plátano y a sus secuaces de la tribuna de La Raspadura, cuando en realidad, entre labios, como quien habla para sus adentros, nos cagaremos y recagaremos en el coño y recontracoño de sus respectivas y resingadísimas madres, fueran o no ellas las culpables de que sus hijos hubieran salido tan hijoeputas.

A mamá no la convencía mucho el plan de la Garcilasa. ¿No habrá una manera más digna de llegar al aeropuerto que desfilando a contrapecho un primero de mayo? ¿Quién garantiza que después de esa prueba endemoniada, bajo el sol torturador de siempre, un chofer de ómnibus se atreva a llevarnos? A pesar de sus dudas, se maquilló como lo hacían las mujeres de su tiempo cuando emprendían un largo viaje, se puso un traje sastre elegante, comprado antes de que desaparecieran de las tiendas los modelos de buen gusto, agarró sus antiguas valijas que por haberlas utilizado muy poco estaban como nuevas, y no puso más peros.

¡Será lo que Dios quiera y ojalá que esos melones, la Virgen de Regla, los polvos de María de la Luz, el chofer del autobús y el espíritu de todos los pontífices que han gobernado el Vaticano se apiaden de nosotros!

A mí me pareció un disparate que bajo el clima tórrido de mayo, en fecha de simbolismo proletario tan marcado, se vistiera como si fuera a un gran baile de sociedad. A pesar de que el traje jugaba con las ondas de sus cabellos castaños, resaltándole el verde de los ojos y la tez anacarada, no me parecía, dado la circunstancia histórica, lo más apropiado. No hubo modo de quitarle la idea. ¡No viajaré hecha un guiñapo! ¡No voy a montarme en un avión como si saliera de una fábrica! ¡No quiero que la última imagen que tengan de mí los chivatos del barrio sea la de una mujer derrotada! ¡Primero muerta que desprestigiada! Cualquiera de esas hubiera sido la frase con que rechazaría mi sugerencia.

Nos despedimos de María de la Luz en el parque japonés de 13 y 64, que de japonés no tenía nada. Nos esperaban los ómnibus que nos llevarían al punto en que se concentraba la gente de nuestro municipio antes de comenzar el desfile. La despedida fue sobria, aunque a la buena negra se le salían las lágrimas. Por su mente debieron pasar los cuarenta años de vida en que acompañó a la niña Erlinda, como siempre la llamó, primero meciéndola de párvula, luego llevándola a la escuela, sirviéndole de tapadera o de chaperona con los primeros enamorados, y hasta apoyándola cuando encaró a los hermanos iracundos al negarse a acompañarlos en el viaje hacia el exilio. Años de complicidad, de alegrías que poco a poco se fueron transformando en incertidumbre. Toda una vida evitando que les anulasen su voluntad de mujeres libres, desenvolviéndose solas, pensando y actuando por cuenta propia.

El chofer era un hombre maduro, velludo y, como correspondía a los de su especie, exhibía unos cadenones de oro muy gruesos que le colgaban sobre el pecho. Soltó un chiflido cuando vio la elegancia de mamá, inesperada en semejante circunstancia. Era el único momento del año en que el transporte funcionaba mejor que el Metro de Nueva York. La revolución no tenía recursos para otras cosas, pero en lo referente a los actos masivos de reafirmación política podía movilizar la mejor flota del mundo. Mamá tenía sangre para ese tipo de hombres. Se le pegaban como sanguijuelas.

Fuimos de los primeros en llegar al sitio que nos habían asignado. Urgía pasar el tiempo en algo, en lo que llegaba la Garcilasa y hasta tanto no comenzase el desfile. «Naturales de Ortigueira», «Sociedad Asturiana de Beneficencia», «JANUA SVM PACIS», «Familia Bencochea», «Asociación Nacional de Operadores Cinematográficos de Cuba», «López-Oña»... No había ni un alma en la necrópolis, sólo inscripciones. Sabrá Dios quiénes estaban enterrados allí, quiénes fueron realmente, por qué designios terminaron sus vidas en esta isla, qué hicieron o qué dejaron de hacer. Siempre me ha fascinado la ciudad de los muertos, leer las lápidas, las fechas, adivinar la importancia del difunto según la calidad de su sepultura.

Afuera, de nuestro lado, el largo muro amarillo del cementerio alternaba cruces y barrotes. Curiosamente, a pesar de discurrir a lo largo de Zapata no podía decirse que esta fuera una calle triste. Desolada tal vez sí, pero lo que se dice lúgubre, no lo era. No conozco a nadie que se pasee entre tumbas sin leer las inscripciones. De tanto leer a veces me impongo un receso: «Falla-Bonnet», «Fuerzas Armadas Revolucionarias», «Aurora Baldoquín Brizuela, tus hermanos y sobrinos no te olvidan», «Eduardo Sánchez de Fuentes 1874-1944», «Asociación de la Prensa de Cuba 1950»..., miles de letras grabadas en la piedra, superpuestas sobre lápidas, en caracteres de molde, en cursivas, diseñando arabescos sobre láminas de bronce, en la piedra de cantería, sobre los mármoles.

Con el resol que había ni esperanzas de que cayera un buen aguacero. El primero de mayo, por misteriosas conjuras del tiempo a favor de quienes mandan, era el día más soleado del año. La mayoría soñaba con que cayera una tromba de agua que obligara a las autoridades a suspender el desfile. ¡Ni pensarlo! Los famosos aguaceros del primer día de ese mes, de los que se decía que era bueno empaparse si se quería gozar de excelente salud todo el año, no empezaban nunca hasta una semana después del desfile. Ni una nube a la vista. Muchos conocidos nada más, eso sí. Entre ellos uno que puso cara de susto al vernos. ¡Quién se va a morir!, dijo asombrado, pero no le dimos oportunidad de continuar pues cambiamos la vista.

En eso llegó la Garcilasa. Venía disfrazada de obrera, agitaba los brazos saludándonos desde la acera, tan radiante como una de esas actrices del cine soviético interpretando el papel de una koljoziana en las estepas ucranianas.

—Erlinda, usted no debió significarse con esa ropa de primera. Mire cómo me he vestido yo. Me puse hasta el pañuelo de las mamuchkas rusas, las de los soviets.

—Ay, Clara Luz, aquí la gente no sabe ya lo que es de primera ni de última. Con la ropa pasó lo mismo que con la historia: se ha perdido toda referencia.

De vez en cuando alguien se quejaba. Una señora preguntó cuánto tiempo más nos tendrían bajo el sol. «¡No somos un ganado!» Nadie respondió, ni a favor ni en contra. Su protesta se diluyó en la apatía general, un mar de indiferencia. O de miedo. Otro se atrevió a exclamar: «¡Hasta cuándo!», pero ese sí fue pulverizado por las miradas agresivas de unas mujeres con viseras que anunciaban que pertenecían al Poder Popular. El tipo enseguida añadió: «¡Van a tenernos así los imperialistas!».

Ya dábamos los primeros pasos. La muchedumbre, antes dispersa en parterres y parques, a la sombra de los árboles o refugiada en las entradas de los edificios, empezaba a incorporarse, el bloque a cobrar forma. Cuando uno camina delante de un cementerio o de un enano debe pasarse la mano derecha tres veces por la cabeza. Dicen que eso ahuyenta la mala suerte. Por eso a cada rato se veía a alguien agitar las manos sobre el pelo, como espantando moscas invisibles.

La marcha avanzaba a pasitos. Lo mismo aceleraba que se estancaba un cuarto de hora sin motivo aparente. Las bocinas reproducían discursos anteriores, voces exaltadas clamando justicia, himnos de combate, odas marciales, canciones de gesta. Ahora veíamos la puerta del cementerio, imitación del románico-bizantino. *La Internacional* a todo volumen, imposible escapar de ella. En lo alto del arco *Las tres virtudes teologales,* conjunto escultórico de José Vilalta Saavedra, bendiciendo nuestra fuga, pensé. Lemas y epinicios revolucionarios, de mi parte la Súplica del Caminante que la Paca me enseñó de niño: *Te suplico, buen Jesús, por aquel templo divino, me alumbres el camino con tu soberana luz.* La masa respondía: «El pueblo unido jamás sería vencido». Los melones como una idea fija en la mente. Ya Olokkun debía haberlos puesto a trabajar en favor nuestro. ¡Buen trabajo que nos había costado echarlos al agua! Ese día no fueron los únicos en flotar sobre la capa de chapapote de la bahía. Lo difícil fue lanzarlos sin salpicar con el agua mugrienta a los pasajeros de la lancha, vestidos de azul por ser el color de la virgen de Regla. No recordaba si Guillermina había recomendado que tiráramos los dos al mismo tiempo. A lo mejor había dicho que pusiéramos uno en el altar y por eso las cosas no estaban saliendo como deseábamos, desfilar un primero de mayo no me parecía una solución aceptable, tratar de conseguir un ómnibus al final era una posibilidad remota, pasar la aduana sin problemas otra... si cualquiera de estas cosas fallaba nos quedaríamos sin viaje, sin casa, sin nada. ¿Habrá dicho Guillermina que teníamos que arrojar el segundo melón durante el viaje de regreso?

A De Chirico y Leocadia lo único que se les ocurrió fue que llegáramos al aeropuerto el día antes. «Se pueden quedar en la sala de espera hasta que toque el vuelo.» ¡Valiente idea! Con caerle mal a un oficial de inmigración, un supuesto problema con el pasaporte, o con el billete, lo que sea, se anularía el viaje. No íbamos a exponernos a estar en la mirilla de los funcionarios mostrándonos allí desde el día antes. Hubiéramos terminado por llamar la atención.

La marcha se reanuda en un sincopado y armonioso paso que nos permite llegar hasta la funeraria de Zapata y Dos. Nunca estuve en un velorio. A algún muerto velaban porque se veía a una señora vestida de negro de los pies a la cabeza fumando en la entrada. «Conozco esa cara», dijo mamá cuando pasamos delante de ella. Raramente se equivocaba en esas cosas, pero más valía ni preguntar porque en este país nunca se sabe quién puede joderte el día. Ya estamos frente a la estación de policía de Zapata y C, han puesto un kiosco con venta de fiambres. «¡Con tal de que no aparezca el Solenodon!», exclamó la Garcilasa que estaba oyéndonos. A los internos del hospital Fajardo los habían sacado en pijamas, con los sueros colgando agitaban banderitas rojas con el brazo que les quedaba libre. Ya que no podían desfilar, por lo menos que agradecieran a distancia la medicina gratis que les daban. De alguna forma tenían que cobrársela.

En la curva del edificio Pentágono empezamos a mezclarnos con los del municipio Cerro que venían en dirección contraria. Los de ese barrio sacaron a desfilar en sillas de ruedas a los ancianos del asilo Santovenia, más muertos que vivos, algunos idos, al punto que cantaban salmodias y hosannas en vez de himnos revolucionarios. «Aquel es el Ministerio de la Construcción.» «¿Qué? ¿Construcción dijiste? ¡Ja! Será de la Destrucción.» «¡Cállate que todavía no tenemos un pie en la escalerilla!»

De pronto el despelote. La gente corre hacia unos camiones con cisternas. Pipas, les llaman. Van a repartir refresco prieto, remedo mediocre de la Coca-Cola. Estábamos prisioneros de un grupo que canta *El Cerro tiene la llave*. No quiero mirar a mamá, mejor no verle la cara, debe recordar las circunstancias en que oímos por última vez aquella tonada. En poco tiempo estábamos chapoteando en los charcos del pegajoso refresco, pues los vasos de cartón en que lo servían se rompían con facilidad, y parte del contenido terminaba en el pavimento.

*Ábreme esta puerta, que puerta más dura / Quién tiene la llave de esta cerradura.* Y el coro respondía: *La llave, la llave, la tiene Fidel / y sólo se la presta a países socialistas, / y sólo se la presta a países socialistas.*

Nos miramos los tres de reojo arqueando las cejas. Mejor no decir ni pío. Lamentable. Patético. Menos mal que el Teatro Nacional estaba ya al alcance de la vista, algo que nos traía buenos recuerdos. Mamá se palpaba a cada rato el entreseno, en donde guardaba las llaves de las maletas. No sé para qué insistió en cargar con cosas que seguramente la Aduana nos quitaría. Teníamos tan poco de lo que sólo nos autorizaran a llevar, que dos de las maletas habían permanecido dentro de las más grandes. «Trata de no perderlas esta vez, que buscar esas llaves costó Dios y ayuda en el pasado», le recordé.

La plaza a pocos metros. Las bocacalles vomitando miles de personas en aquel espacio descomunal. ¡Qué horrible plaza! Arquitectura del Tercer Reich, diseñada en tiempos de Batista, quién sabe si para intimidar. ¡Buen provecho que le sacaron los que están ahora en la tribuna! La explanada a tope. Lo peor era aguantar en medio del gentío uno de esos discursos interminables del Innombrable.

Ya se oían sus primeros alaridos. Otra palabra no cabe con esas vociferaciones. Lástima no ser sordo. Salen de los altoparlantes, se arremolinan sobre la masa compacta, silenciosa, sumisa: «imperialismo, planes quinquenales, sobreproducción, defensa, mooortalidad infantil, mendicidad, Tercer Mundo, trinnncheras, hermanos soviéticos, Ciénaga de Zapata, heroísmo, abnegación revolucionaria, abnegación rrrevolucionaria, la CIA, nuestra rrrevolución, Angola, derrrotaremos, Partido, el enemigo, colonialismo, desnutrición, nuuunca lo permitiremos, porvenirrr, solidaridad, lucha revolucionaria, lucha rrrevolucionaria...». Nosotros corriéndonos poco a poco, saliéndonos de la turba compacta, tratando de llegar al otro lado de la plaza, a la avenida en que se estacionan los autobuses en que la masa volverá a sus hogares cuando todo termine. Imposible esperar el fin del discurso. Siempre se sabe cuando empieza, nunca cuando termina. «Internacionalismo proletario, esfuerzo de todo el pueblo, vigilancia rrrevolucionaria, infiltrados, no lo permitirrremos, medicina, triunfos y logros, fusiles, aliados del iiimperialismo...» A veces le agarra la medianoche hablando, hablando, hablando. ¡Qué manera de hablar mierda, Dios mío! El ganado en el clímax de la obediencia *¡Cuatro patas sí, dos patas mejor!* La granja de los animales. Con el pueblo no hay remedio.

La Garcilasa dice que sabe cómo convencer a uno de esos machos peludos para que nos lleve en el ómnibus hasta el aeropuerto de Rancho Boyeros. «Ustedes hagan como si no se enterasen de nada, déjenme, que yo sé de estas cosas.» «Niña, pero por lo menos escoge a uno que no sea deprimente.» «Déjate de tontadas, Orli. Si me pongo a escoger mucho no llegan, aquí no importa la cara, sino el hambre de hembra que tenga, mientras más feo más ganas tendrá y más rápido nos llevará también.»

Se sube a un autobús. No oímos qué le dice al chofer, se inclina hacia él, como quien no quiere las cosas, así el otro puede verle las tetas por debajo del escote de su blusa de koljoziana. Miramos la escena desde fuera. Ni ajustadores se ha puesto, el chofer puede detallarle bien los senos, está que se la para a cualquiera, no digo yo a un espécimen como ese. El chofer lleva un manojo de cadenas de oro en el cuello, también un sortijón con una cabeza de indio en el dedo anular de la manaza izquierda. Es bigotudo, para más señas. La Garcilasa baja sonriente, victoriosa. «Este me va a dejar sin aire, me dice bajito, tiene una yuca que ni a una burra se la mete, eso sí, quiere llevarnos rápido y estar de vuelta antes de que (hace como si se acariciara una barba que no tiene) acabe su discurso. Ustedes se me van para el fondo, al último asiento, que yo lo entretengo, no vaya a ser que cambie de idea. Y tranquilos que a mí me violaron hace rato. No se preocupe, Erlinda, haga como si nada. ¡Los llevo al aeropuerto o dejo de llamarme como me llamo!»

No debe haber otro aeropuerto en el mundo donde se hayan vertido más lágrimas que en el de La Habana. La gente ha ido dejando ahí un mar de llantos por separaciones definitivas, renuncias, dolores, recuerdos, miedos. Jerusalén tiene su muro de lamentaciones; esta ciudad, una pared de cristal hecha de sollozos. Sin otra consigna que «hasta quién sabe cuándo y no regreses ni a buscar centeno».

La Garcilasa cumplió su cometido. Por dignidad, también por vergüenza ajena, le di conversación a mamá durante todo el trayecto. No quería que se sintiera responsable de que mi amiga vendiera su cuerpo a ese troglodita por ayudarnos en todo esto. Por suerte las ganas de largarse de mamá eran tantas que obedeció sin chistar lo que la Garcilasa aconsejó: ojos que no ven, corazón que no siente. La avenida de Rancho

Boyeros nos pareció sin fin. La despedida de la Garcilasa sin una lágrima. Un simple beso y un hasta más nunca. Al chofer ni gracias.

Nuestro vuelo cubría una ruta delirante. En vez de ir a Miami directamente, haría una escala en Santo Domingo, República Dominicana, y volvería a sobrevolar el espacio aéreo de la isla, antes de posarse definitivamente en La Florida. Incluso cabía la posibilidad de que aterrizara de nuevo en el territorio nacional, antes o después de la escala, aunque nunca lo decían con antelación para evitar que personas desesperadas intentasen colarse. Ya se había dado el caso de individuos que con tal de irse del país habían hecho largos viajes en el tren de aterrizaje. Casi todos habían llegado congelados, o sea, patitiesos, al lugar de destino. Todo eso, decía mamá, era una estrategia fríamente premeditada por parte de las autoridades para tenernos siempre con el corazón en un pálpito.

El estupor nos deja sin habla. Nos hemos despedido de la Garcilasa con un «gracias» imperceptible. Es como si nos estuviéramos vaciando, nuestro cuerpo se queda sin aire, sin sangre, sin calor. Los dos debemos sentir lo mismo porque estamos igual de pálidos. ¿Será el miedo ante lo desconocido, o el terror a que el viaje termine delante del mostrador en que un oficial de Emigración revisa minuciosamente cada página de nuestro pasaporte, cada letra escrita, cada línea de la documentación requerida? A lo mejor es sólo aprehensión porque cojo un avión por vez primera, quién sabe si lo que nos asusta es el temor a equivocarnos, a dejar atrás lo único que tal vez nos pertenece realmente. Pánico que nos paraliza, como en esos sueños en que quisiéramos gritar y no logramos emitir sonido alguno, esas pesadillas de niño en que una mano de muerto intenta trepar hasta la cama. No sé si temblamos de sólo pensar en que todo podría terminar en este intento, o porque uno de los dos tenga que irse sin el otro, o simplemente porque nunca volveremos a decir «somos de aquí», «esta es nuestra casa», «estas, las plantas de nuestro patio», «ese es el mar que me acaricia el cuerpo».

No somos los únicos aturdidos. Quienes viajarán con nosotros gesticulan, manotean, se secan las lágrimas, ríen a carcajadas por puro nerviosismo, se abanican aunque el salón de tránsito esté helado con el aire al máximo. Nadie quiere congraciarse con su vecino, ni mirarle a los ojos. Cualquiera de esos pasajeros podría ser un infiltrado, alguien que ni siquiera viajará y cuya única función es detectar quiénes se atreven a desafiar las leyes del poder aunque sea con un simple resoplido. Cualquiera de nosotros sería capaz de pasarle la lengua al piso por tal de traspasar la pecera de cristal, llegar a la antesala del avión, al espacio en que ningún oficial podrá detenernos porque ya estaremos en eso que llaman «espacio internacional».

En medio de tantos angustiados hay una pareja de jamaiquinos. Hablan entre ellos en inglés y al parecer regresan de un congreso vía Santo Domingo por no haber vuelos directos a Jamaica. Los reconozco porque llevan la bandera negriverde de su país bordada en las hombreras, además son una nota discordante, los únicos que tienen el semblante relajado. Se diría que los han contratado para recordarnos que la diferencia con nosotros es abismal, que no podemos sentirnos como ellos porque nuestra salvación pende de un hilo muy frágil, de factores ajenos a nuestra voluntad, a nuestros deseos.

Un par de zombis no daría la impresión de extravío que reflejábamos en nuestros rostros. Mostramos los pasaportes a un oficial con cara de bulldog que los miró volteándolos en todos los sentidos, con lupa y al ojo limpio, y que nos anunció después de cinco minutos revisándolo todo que debíamos esperar porque «había un problemita». A mamá se le heló la sangre. Caminó tipo fantasma hasta uno de los asientos libres y se desplomó en él.

Me quedé pegado al mostrador del bulldog creyendo que no alejarme de los pasaportes serviría para algo. Repasaba en mi mente qué «problemita» podrían tener nuestros papeles. Mi baja del Servicio había sido conseguida con el mejor especialista ortopédico del país, el doctor Martínez Páez, quien debía grandes favores a la abuela Carlota. Nunca recibimos citación de Inmigración porque faltasen cuadros en el inventario, que era la amenaza del anónimo, algo que parecía no haber llegado más lejos. Mi baja de la Universidad la obtuve sin contratiempos, me la dieron encantados de librarse de mí, considerado siempre subversivo hasta en el modo de hablar. El oficial fingía hacer llamadas telefónicas con las que supuestamente verificaba la autenticidad de nuestros documentos. Me recosté al mostrador, como quien ya tiene poco que perder, seguro de que el no rotundo de aquel oficialillo pondría fin a nuestro viaje.

Me invaden sentimientos de culpa con la Garcilasa. Tanto esfuerzo para nada, tanto desfilar, padecer humillaciones, echar melones en la bahía, batallar contra el miedo a que un anónimo nos eche a perder todo, a que nos delaten. Todo este esfuerzo inútil, los años de espera, de fugas físicas y mentales, romper el hilo conductor de la infancia, crecer sin familia, lejos de Jo, de agüe Rosa, de la única familia que realmente pude haber tenido. ¿Por qué hemos vivido a expensas de caprichos ajenos? ¿Por qué tenemos que acatar órdenes? ¿Por qué este extraño sentimiento de que nos violan a diario?

Los jamaiquinos discuten con el bulldog. No hablan español, le dicen que ellos sí le han dado la tarjeta amarilla que les exige, condición imprescindible para dejarlos pasar a la zona internacional. El funcionario tiene la cara descompuesta, remueve papeles, saca unas hojas de un cajón, aparta nuestros pasaportes, levanta el teléfono por si acaso las tarjetas se ocultan debajo. Los jamaiquinos protestan, el ambiente se caldea. El bulldog apenas balbucea en inglés, ni siquiera entiende que los jamaiquinos le han dicho que mientras él estaba hablando por teléfono ellos le habían dado las tarjetas que ahora les pide. Me doy cuenta de que el tipo no entiende, traduzco entonces lo que le acaban de decir. Me mira como si fuese su salvador, me pide amablemente que les diga que esas tarjetas son una formalidad muy necesaria, que ningún extranjero puede salir del país sin entregarlas porque en los cómputos oficiales significaría que se han quedado ilegalmente en la isla. Casi me da gracia lo de «ilegalmente en la isla», pero no me atrevo ni a pestañear, no vaya a ser cosa que crea que me burlo. Traduzco a los jamaiquinos lo que acaba de decirme. A esto añade, pidiéndome que no lo diga en inglés, que podría perder el trabajo si se comprueba que ha sido él quien ha perdido las cabronas tarjetas, porque en esto (dice señalando hacia la tableta que le sirve de mesa) los extranjeros siempre tienen la razón. Me consuela saber que él también tiene miedo, que no somos los únicos a la merced del poder, que siendo él nuestro verdugo existen otros que pueden ajustarle las cuentas. Se disculpa diciendo que lamenta no tener un buen inglés, que a él lo prepararon para el checo, el ruso y el polaco, que años atrás no entraba al país prácticamente ningún anglófono. Ni siquiera me pregunta por qué hablo el inglés sin acento.

Miro de reojo hacia el sitio en que se sentó mamá. Parece una estaca. No se ha dado cuenta del lío que nos traemos el bulldog, los jamaiquinos y yo de traductor, a escasos metros de ella. Ya casi todos los pasajeros han pasado al otro lado de la pecera. Nos hemos ido quedando solos en la sala.

El bulldog está sentado en una de esas banquetas giratorias que tiene una especie de plataforma circular, a una cuarta del suelo, en donde reposar los pies. A pesar de lo tenso de la situación, teniendo muy poco que perder, estoy casi con medio cuerpo echado sobre el mostrador. De pronto me da por mirar hacia el rodapiés circular de la banqueta. El tipo retira los zapatos y deja al descubierto las dos fichas amarillas que al parecer habían caído en ese lugar. Pego un grito: «¡Las tarjetas! ¡Ahí! ¡En el descanso de la banqueta!». El bulldog tiene que inclinarse mucho para poder ver lo que le indico. No les cree a sus ojos. Su cara se transforma de puro júbilo. Estira el brazo derecho al máximo, captura las dichosas tarjetas. Es el hombre más feliz de la Tierra. Los jamaiquinos no paran de decirme *thanks, thanks*. El funcionario estampa un sello en sus pasaportes y les desea buen viaje. De pronto me mira y me dice que le he salvado la vida. Se da cuenta de que somos del vuelo que está a punto de despegar. Veo a los jamaiquinos corriendo para no perderlo. Me dice: «¿Y a ti qué te pasa?». Le respondo que él ha guardado nuestros pasaportes porque supuestamente tenían «un problemita». Entonces su rostro, por fracciones de segundos, refleja la consternación, frunce ligeramente el ceño, toma nuestros pasaportes, los hojea muy rápido, sin prestar atención a lo que lee, coge el matasellos, lo pasa por la esponja con tinta, estampa sendos cuños en cada uno y mientras me los devuelve, risueño, me dice que esos documentos no tienen ningún problema, que están perfectos, que nos desea buen viaje, que corramos, volemos, a la velocidad de un rayo, que si nos demoramos tres minutos más perderemos irremediablemente el vuelo.

# XIII

—Agacha la cabeza que todavía nos reconocen y se complican las cosas —me susurró al oído.

El chofer pidió que mantuviéramos cerradas las ventanillas hasta tanto no termináramos de atravesar el pueblo.

—En carnaval, ustedes saben... cualquier borracho puede lanzarnos una botella o colársenos en la máquina, por joder nada más —dijo —. Yo mismo trataré de no fumar hasta que no estemos fuera del centro.

El caso fue que, como en una pantomima, veíamos las caras, los gestos de la gente, sus movimientos, pero no lográbamos oír de qué hablaban.

Atravesamos una de las calles principales del pueblo en el Cadillac herméticamente cerrado. Los kioscos parecían inclinarse a nuestro paso. No debían ignorar cuánto admiraba sus nobles armazones de tablas sobre las que jugué hasta el cansancio antes de que pasaran de los montones en donde las apilaban a formar parte de la estructura que protegería los tanques de bebidas, la comida, todo lo que se vendía durante el carnaval. Ya hacía días que aguantaban el peso de los cuerpos recostados sobre sus endebles mostradores y paneles de madera. Las tablas empezaban a ceder. También las caretas de *papier maché*, amarradas en lo alto de los postes del alumbrado público, iban perdiendo el colorido original, y hasta las amplias sonrisas que se me antojaban, no sé por qué, muecas burlonas dirigidas contra nosotros. Nunca me gustaron las caretas. Siempre me parecieron grotescas, demasiado mofletudas, crueles, listas para las peores chanzas, como mi padre cuando le daba por burlarse de todo el mundo, o cuando imitaba a la prima de Caimanera que la pobre tía Juana anhelaba ver.

De vez en cuando quedábamos atascados en medio de un gentío compacto al que lo mismo daba que necesitásemos avanzar, que tuviésemos alguna urgencia o necesidad, y hasta trastabillaba el Cadillac cuando, en medio de un puro delirio etílico, a alguien le daba por batuquearlo, ya fuera en broma o porque le molestaba que el chofer pidiera paso.

En situaciones difíciles mamá llevaba siempre la angustia reflejada en el rostro. Inquieta a la vez que estoica. Vivir a la merced de los azares, de situaciones imprevisibles, imposibles de controlar, tiene ventajas, sobre todo la de poder abandonarnos sin reparos a lo que la suerte dicte, la de llegar a un estado en que poco importa que salga el sol por donde salga. Eso lo decía no sólo ella sino el propio padre Merio, el cura del pueblo, quien dejaba todo en manos del Señor porque sabía que ejercía su ministerio por puro milagro, dependiendo de que el poder decidiese en cualquier momento cerrar la iglesia, prohibir las misas, expulsarlo. En el

224

fondo me alegraba saber que no éramos los únicos que zozobrábamos en ese mar de incertidumbre, que había otros en situaciones más o menos difíciles que la nuestra. Mi madre padecía a Juanjo, pero el Juanjo del cura se llamaba Mancha de Plátano. De él y sólo de él dependía que el padre siguiera siendo el dueño de esa misma iglesia en donde un día, cuando ni siquiera soñaba con apropiarse de todo, Mancha se había casado.

Sin el carnaval la fuga no hubiera sido posible. Huíamos a la vista de medio pueblo y nadie se percataba realmente, ni ponía mientes en nosotros, ni sospechaba siquiera que intentábamos fugarnos antes de que un juez dictara una sentencia desfavorable, una custodia compartida o cualquiera de esas órdenes judiciales que en toda separación deben pronunciarse cuando hay hijos de por medio.

No era nuestra fuga la primera, ni sería la última, en que el carnaval servía de telón de fondo encubridor. En la isla sobraban casos similares. Fue así, por ejemplo, como más de veinticinco años antes, unos intrépidos jóvenes que luego darían mucho de qué hablar, y lo daban todavía desde que bajaron de la Sierra Maestra victoriosos, tomaron el cuartel militar Moncada en Santiago de Cuba. Contaban que varios de ellos llegaron a disfrazarse, confundiéndose con quienes festejaban en las calles de la ciudad oriental aquel 26 de julio. Como mamá me había hablado de todo eso experimentaba cierto orgullo sintiéndome el protagonista de una fuga que, sacando la cuenta de ese modo, muy bien podríamos considerarla inspirada en hechos históricos relevantes. Una fuga épica. Vista la cara de mamá, sólo a mí me hacía gracia la aventura. El calor y la posibilidad de ser descubierta por cualquiera de los amiguetes de mi padre al corriente de nuestras vidas, le provocaban sudoraciones. El maquillaje se le iba corriendo poco a poco, dejando en sus mejillas estrías muy finas sobre la capa de colorete y polvos.

Al chofer se le ocurrió parar en La Casa del Prú, sita en la carretera de Veguitas, demasiado cerca todavía de la única entrada del pueblo como para que quedase descartada la posibilidad de que nos atraparan.

Era mejor llenar los bidones que traía en el maletero con aquella bebida oscura y refrescante, explicó el chofer, fabricada a base de raíces fermentadas de una planta que llaman bejuco ubí. El prú no existe en ninguna otra parte de la isla, ni del mundo, se cree que como la crema de vie fue traída de Haití por los esclavos que huyeron con sus amos durante la revolución negra contra los franceses hace casi dos siglos. De eso se sentía orgulloso Kindelán, y de saber si el prú era bueno o no, rechazando inmediatamente el que no tuviera suficiente espuma. Y sin canela, pimienta dulce y jengibre no vale nada, sentenció Portento quien, a pesar de no ser una oriental de cuna, se había «aplatanado», como decía, para dejar entender que en el pueblo de adopción se sentía mejor que en el lugar en donde había nacido. A mí no me hacía mucha gracia aquel refresco que en realidad no llegaba realmente a serlo. Ojalá que los vasos no alcanzaran, rogaba, porque sabido es que a los niños no les dejarían nunca pegar la boca en los recipientes en donde beben los mayores. ¡Ni por no hacerles el desaire me sentía con ánimo para probarlo! El chofer regresó con los bidones rebosantes de prú, Kindelán lo probó primero, hizo una mueca peor que la de cualquiera de las caretas de los postes y quiso la Santísima Providencia que lo encontrara sumamente mediocre.

—Este prú es una estafa. No dejaron sus raíces en reposo las veinticuatro horas necesarias. Mejor ni lo prueben, ya que cuando esto sucede puede volverse tóxico y envenenar el organismo que lo rechace.

—¡Ni siquiera le pusieron hojitas de caña santa! —añadió Portento, pues a pesar de la advertencia de Kindelán sorbió un poquito del mismo vaso del cornetista, tal vez para mostrarle que no le daba asco pegar la boca en el mismo borde que él. Al parecer todos, excepto nosotros, eran expertos en el desagradable brebaje. Tampoco nos interesaba serlo, la verdad.

—Ese cocimiento levanta a un muerto —fue la única intervención de mamá. Me di cuenta de que había dicho «ese», tomando distancia, por decir algo, quedar bien, seguirles el juego y disimular de paso la angustia de sabernos todavía en peligro, al alcance de Juanjo si lograse salir del DOP, o si se enteraba de que su esposa se fugaba del pueblo con su único hijo, que abandonaba la casa conyugal, sin importarle que él quedara cubierto de ridículo, convertido en el hazmerreír de esos amiguetes, machazos probados y requeteprobados, incapaces de perdonar semejante escarnio. ¡La que se armaría cuando el pueblo se enterase, cuando la noticia volara de boca en boca después de que el carnaval no acaparase ya la atención de nadie! Mamá sabía que voluntarios que estuviesen dispuestos a buscarnos hasta debajo de las piedras, a perseguirnos por el simple hecho de ocuparse un rato en algo, o por el placer perverso de hacer leña del árbol caído, siempre sobrarían.

El chofer se abrió la camisa «con el permiso de las damas». Por el retrovisor rectangular de la cabina podía ver el colchón de vellos sobre su pecho, la cadena de oro que le caía desde el cuello, la imagen de la virgen María en el camafeo que colgaba de la cadena. No me gustaba su manera de mirarme. Lo hacía como si para sus adentros se dijera: «desconfía de este niño que lo ve todo, lo sabe todo y es capaz de ponerte en un aprieto». No hay nada peor que ser menor e inspirar desconfianza en un adulto. Es casi preferible soportar a cien Portentos que no paren de tocarle a uno el cerquillo que tener que vérsela con un mayor desconfiado quien, con mirada penetrante, nos mantiene todo el tiempo a raya. Ni me perdía de vista, ni yo bajaba nunca la mía cuando me observaba. Nos acechábamos. Conmigo la tenía difícil, aunque yo con él también.

A la salida del pueblo la carretera comenzaba a zigzaguear entre colinas que dejaban ver, de vez en cuando, maizales, platanales, campos cultivados de plantas que ignoraba qué fruto o legumbre aportaban. Ningún adulto me enseñaba el nombre de los árboles. Si les pregunto responden cualquier cosa, ni ellos mismos saben. A medida que entrábamos en un caserío leía en voz alta el cartel que anunciaba con letras negras sobre fondo blanco su nombre: Retrete, Cañadón, Samá...

Kindelán pidió permiso para encender un tabaco, el chofer sugirió que oyéramos el partido de pelota entre las Avispas Negras, el equipo de Oriente y los «fainas» esos de Vegueros, jugadores de la provincia de Pinar del Río, la más occidental. Portento, como casi todas las mujeres, detestaba el beisbol. Lo último que nos faltaba después del prú en mal estado, suspiró. La tapa al pomo: ¡humo de tabaco y pelota!, y nos miró tratando de que la respaldáramos en su protesta, pero mamá volteó la cara por temor a que el chofer cambiara de idea, ya que muy bien podía darse el caso todavía de que decidiera devolvernos el dinero, dar media vuelta y mandarnos a todos a la porra. Portento respiró profundo. Sólo atinó a decir a la vez que liberaba el aire con que había llenado sus pulmones: ¡ay, Dios mío!, como si aquellas tres palabras le salieran del fondo del alma. El chofer y Kindelán ni se dieron por enterados.

Al poco rato el cornetista nos contó que de joven había manejado rastras, lo de la corneta china lo hacía por placer y la trompeta porque la había estudiado de niño, no viviendo de ninguna de las dos profesiones, ni de rastrero, ni de músico, e incluso, ni siquiera vivía ya en el pueblo, sino en Holguín, aunque cada año lo llamaban los de La Güira porque no conseguían a nadie que supiera guiar una conga como él. No creí oportuno contarle mi pesadilla, la conga despeñándose al final de la calle, el pueblo desapareciendo por la tapa del órgano a medida que el organista accionaba la manivela. Hubiera querido preguntarle muchas cosas, averiguar detalles que sólo él podría explicarme, indagar por ejemplo por qué si la conga no cambiaba nunca de ritmo su música nos parecía cada vez diferente a pesar de ser siempre la misma. El chofer seguía echándome miradas asesinas, opté por tragarme las preguntas. No atiné a decir ni esta boca es mía.

«¡Uy, con lo grandes y peligrosas que son las rastras!», se le notaba a Portento un tonito de esa inflexión coqueta que aquí llaman satería que a nadie, ni al cornetista ni a los demás, le pasó por alto. Jo me había dicho que cuando a un negro le gustaban las blancas se le llamaba «piolo». En el lenguaje callejero una palabra como esa cambiaba de sentido de una región a otra, incluso podía morir con el tiempo mientras otra surgía remplazándola. Eso fue lo que dijo Jo aunque nunca me advirtió que no debía repetirse. Entonces con la ingenuidad más grande del mundo le pregunté al cornetista, en voz alta, si él era piolo. A mamá le subieron, le bajaron y volvieron a subir todos los colores a la cara. El chofer que a esa hora creíamos estaba más concentrado en el juego de pelota que en nuestros comentarios dio un frenazo que estuvo a punto de sacarnos por el parabrisas, y Portento, que tenía la mano cerca de mi cerquillo, dio un respingo. La verdad es que no sabía qué de malo podía tener aquella palabra que Jo me explicó como lo más natural del mundo señalando a un hombre de color, que es como dice mamá que hay que decir, que pasaba un día frente a la casa agarrado del brazo de una rubia.

—Este muchacho sabe más de cuatro cosas —fue la reacción de Kindelán, quien, al parecer, siendo el ofendido, fue quien menos importancia dio a lo dicho.

Mamá apretó fuerte los labios, gesto que significaba: «Deja que lleguemos a la casa para que veas la que te espera». Por suerte la casa, si de verdad existía ese mundo idílico del que le había oído hablar como de un paraíso, quedaba tan lejos todavía que antes de que llegáramos seguramente ya habría olvidado por completo el incidente.

—No le haga caso, usted sabe cómo son los muchachos de hoy día —se disculpó con un tono de humildad que no utilizaba casi nunca.

Si las miradas del chofer eran asesinas ahora parecía un auténtico león hambriento y encadenado al que le pasean la presa por delante sin que pueda alcanzarla.

Volvió Kindelán a sus historias de rastras, de que si una vez tuvo un accidente en vuelta de Palma Soriano cuando se le metió una moto con sidecar delante, que antes los remolques eran más seguros, que por eso había abandonado su antiguo trabajo y un sinfín de detalles que no parecían interesarle a nadie, que prefería el trabajo que tenía ahora, pues desde hacía un año era el técnico reparador del sistema de aireación y servicios de los aviones del aeropuerto de Holguín. «¡Si vieran ustedes lo que son esos monstruos!», exclamaba jubiloso. «¡Qué aparatos! Ahora soy yo quien supervisa que nada falle, me he especializado en las partes integradas, o sea, en los servicios de electricidad, aire acondicionado, agua y gas, que permiten el funcionamiento de esos pájaros metálicos.»

Aquello de piolo sirvió para que Portento me retirase toda su simpatía, qué pena no haberlo sabido antes. Como si temiera contagiarse con mis imprudencias puso distancia entre ella y yo, muy a pesar del reducido espacio que nos separaba en el asiento trasero del vehículo.

Pasamos el entronque de Boca de Samá, el acceso que conectaba la carretera principal con el pueblo pesquero en donde comenzó nuestra historia, la de Juanjo y mamá jóvenes, ella alfabetizando, él de reservista, la luna, la noche, la hamaca, las estrellas, todo, la escenografía ideal de los enamorados que había leído a escondidas en su diario. Se llevó la mano izquierda a la boca y cerró los ojos como una de esas actrices dramáticas en el momento en que le anuncian la muerte del amante. Por suerte en ese instante, ajeno a nuestra tragedia, Kindelán sacó de entre sus piernas el instrumento y sin preguntar si era o no de nuestro agrado, apoyando los codos en el borde de la ventanilla, dispuso la lustrosa trompeta hacia el exterior, ejecutó unas notas de prueba y comenzó a tocar enseguida una pieza apasionada, ardiente, luminosa, exaltada como la música de la conga pero en una medida del todo diferente.

La *Fuga en Sol menor* de Bach, reconoció inmediatamente mamá que había estudiado música desde niña «por gusto», así decía, pues de nada le había servido tener cultura musical. Nunca la había oído tocada por una trompeta, añadió.

Aquella no podía ser otra cosa que la música de los dioses cuando celebraban sus victorias celestiales, si mamá la había reconocido por algo sería. Hasta el chofer apagó el desagradable juego de pelota, con gesto que significaba que aceptaba que la trompeta nos deleitara todo el tiempo que su dueño decidiera. Quería preguntarle a mamá quién era ese señor llamado Bach que acababa de mencionar, qué grato recuerdo le traía aquella melodía que hacía que cerrase los ojos, su rostro reflejando placidez absoluta.

Ahora se veía el mar con todos sus azules desde la colina que descendíamos, las olas espumeaban al compás de aquellas notas, las imaginaba saltando de cresta en cresta, como en un pentagrama, burlándose del agua que apenas podía salpicarlas. Pasábamos por la playa de Guardalavaca, primero el puentecito de madera sobre la desembocadura del río, luego los pinos danzando también al compás de la *Fuga*, el ulular del viento entre sus agujas, la brisa cálida del Atlántico que invita al abandono del cuerpo. Kindelán tocando sin prisa, respondiendo a un deseo espontáneo, pasando de una melodía a otra, manipulando aquel instrumento al que parecía que le hablaba muy suave cuando en realidad lo soplaba y manipulaba con gran esfuerzo.

La luz del día perdía lentamente su fuerza como suele suceder durante esos atardeceres en que el sol se oculta detrás de una montaña, el efecto de su intensidad degradándose a la par que el silencio con que escuchábamos la pieza.

El cansancio, el intenso placer de aquellas notas envueltas en la brisa fresca, ¿qué puertas invisibles se abrían ante mí?, ¿qué fuerza me instaba a cruzar del otro lado? Mamá repetía a cada rato que no pararíamos hasta irnos muy lejos. A mí me bastaba con no perderla a ella, con que me enseñara el nombre de piezas como esa, y me explicara quién era el hombre que compuso aquella melodía.

Por ahí empezó todo, dijo. Luchaba contra el sueño que alentaba la embriaguez de la música. Por ahí, detrás de esa montaña en forma de silla, desembarcaron Cristóbal Colón y sus hombres. Ahí empezó nuestra historia, la de verdad, la de todos, y desde entonces estamos aquí. Mamá sabía demasiado.

Apenas alcanzaba a ver los contornos de la silla que mencionaba, seguía la línea de su espaldar que la montaña trazaba cortando el cielo, un espaldar demasiado inclinado hacia atrás. Como los famosos dujos, los asientos sagrados de los indios taínos, los primeros que encontró el genovés al tocar tierra, continuó.

La silla de Gibara, ese es su nombre, y más que silla es, como dijo ella, un dujo lo que imitan esas dos elevaciones unidas por una onda cóncava muy suave. ¿Qué designios esconde su forma? ¿Por qué aquellos marinos temerarios llegaron al Nuevo Mundo justo por este sitio en que una montaña imita el objeto de culto más insólito de los taínos, su asiento preferido? Todo lo que sabía se lo callaba. Pocas veces me lo contaba, tal vez porque nunca tenía tiempo, porque vivía en fuga permanente, huyendo de la vida que otros querían asignarle. Sus padres, sus hermanos, su marido, los gobernantes, todos queriendo moldearla según sus gustos y antojos. Tan víctima de todos ellos como la Paca, la tía Norka y agüe Rosa. Ni rebelándose las cuatro juntas hubieran podido cambiar el orden de las cosas. Aquí siempre manda este par de cojones, copia textual de la expresión de Juanjo repetida a cada rato y al mismo tiempo que, con la mano imitando un cuenco, se agarraba los testículos por encima del tiro del pantalón.

¿Cómo vivirían esos indios? ¿Cómo era ese mundo en que desnudos bailaban en ronda el areíto, donde no había ni oro, ni monedas, ni la posibilidad de adquirir nada que no fuera lo que la naturaleza regalara? Me muero de ganas por saber si también ellos tenían un jefe que tocándose los cojones les recordaba que por encima de él no existía, no había nacido y no mandaba nadie.

Cuando Kindelán se baje en Holguín nos quedaremos sin Bach, no volveremos a oírle tocar su trompeta. Dice mamá que esa gente era pacífica. No Bach, ni Kindelán, no habla de ellos, aclara, sino los indios. De Bach tendrás en casa todos los discos que quieras. Siempre fue mi preferido. De Kindelán despídete ahora, dale las gracias por la *Fuga*, la toca muy bien, hazlo ya, antes de que te quedes dormido. Cuando despiertes ya no estará.

De ser así, si esos indios hubieran seguido mandando en esta isla, nos hubiéramos ahorrado todo esto.

¿Dónde quedará Génova? ¿Por qué se llamará esa montaña la Silla de Gibara? Génova, Gibara, Bach, Kindelán... ¿Qué significan realmente las palabras? ¿Qué sentido tiene darles vida, mencionarlas?

No debo seguir pensando, de nada vale que luche contra el sueño, que quiera oír todo lo que dicen. Se me cierran los ojos del cansancio.

¿De dónde habrá salido esa gente pacífica? Si se hubiesen quedado con nosotros, si no nos hubiesen abandonado, tal vez no estaríamos rodando en este auto sin saber muy bien a dónde vamos ni qué nos espera.

Si los indios se hubieran quedado aquí no tendríamos de quién huir, ni nos podrían expulsar de ningún sitio.

# XIV

La isla mirada desde arriba es poca cosa, como si
apenas existiera. ¿No la habremos inventado? ¿No la
habremos soñado? ¡Qué sensación tan rara la de estar
en este tubo metálico en que nos alejaremos de ella!
¡Cuánta gente allá fuera, en este mismo instante, esfor-
zándose sin saber por qué, ni para qué! Tratando de
regresar a sus casas después de un desfile absurdo, muchos felices porque creen todavía en espejismos. Quién
los entiende. Inexplicable que defiendan con ardor los
privilegios de unos pocos. Algún placer sentirán. Los
maltratan, y aplauden; disponen de sus vidas, y siguen
tan campantes; les dan una patada en el culo, y sonríen
alegres. ¿De qué sirve toda esta comedia? ¿Por qué me
ha tocado ser parte de esta extraña mascarada? ¿En qué
momento comenzó? ¿Cuándo nos convertimos en personajes atrapados en esta farsa?

Se oye el ruido de los motores del avión. El piloto
anuncia las medidas de seguridad. Las azafatas recorren el pasillo verificando que nuestros cinturones
estén bien abrochados. Casi todos volamos por primera vez, deben cerciorarse del cumplimiento de la
orden asiento por asiento, los hay que no encuentran

dónde colocar el cierre. Nos dan instrucciones, sonríen, sus gestos son delicados. No hemos despegado y ya se puede decir que esto es otro mundo. Tal vez les exigen que nos atiendan como si fuésemos extranjeros. No puede ser que ignoren que el vuelo va repleto de personas que se van para siempre, dispuestas a nacer de nuevo.

Nadie sabe si es el momento de alegrarse o de ponerse triste. No creo que existan muchas situaciones como esta, en que los sentimientos encontrados sean tan fuertes. Dejamos la isla por voluntad propia. Estamos a punto de realizar lo que nos ha costado grandes esfuerzos, lo que hasta ayer parecía una quimera, un sueño de años. Este vuelo es nuestro anhelo más profundo, ninguno volverá a exclamar: «¡Cuánto diera ahora mismo por acostarme y despertar en otro país!». A nadie le importa saber qué sucederá en el sitio adonde vamos. Da lo mismo caer en La Florida que en la Conchinchina, con tal de cerrar este largo episodio. Trabajo nos ha costado llegar al cajón de fotos que la Paca guardaba en el fondo de su escaparate. Pronto ocuparemos un lugar entre los felices retratados del Norte.

Y sin embargo... Una vocecita apenas audible me aconseja que mire el paisaje. Estás a punto de dejar lo único que realmente te pertenece, me dice, el único lugar del mundo que podrás reivindicar como tuyo, el de tus primeros pasos, el espacio vital donde aprendiste las primeras palabras, donde oíste las primeras voces e ingeriste lo que la tierra ofreció para que la leche nutriente de tu madre te hiciera crecer, un sitio que a partir de este momento no volverá a ser tuyo porque lo traicionaste abandonándolo, porque no supiste defenderlo debidamente. La misma vocecilla impertinente que se empeña en nublarme la mirada cuando contemplo el verdor del campo más allá de los hangares del aeropuerto. A partir de ahora somos ciudadanos del aire.

Sólo los jamaiquinos parecen concentrados en las maniobras del despegue. El resto repasa los años vividos en la isla. Recuerdos buenos, malos ratos, amores, pérdidas, ilusiones, triunfos, desencantos... Un mundo de sensaciones. Todo. La casa, las calles, un abrazo, apretones y besos, una sonrisa mañanera, las conversaciones apasionadas entre amigos, una conga callejera desbocándose detrás de un cornetista, un padre sádico, un amanecer en que puedes ver el norte y el sur de la isla al mismo tiempo, una mano de muerto acechándote debajo de la cama, los colores del fuego tragándose la noche, el sabor de un aliñao robado a un botellón, dos melones flotando en las turbias aguas de la bahía, la barrera de corales prisionera de la espuma en altamar, un Tom Collins en el bar del Flamingo, el sexo en un ascensor que cae al vacío, la alegría cuando compruebas que la caída fue leve, que el aparato estaba sólo a un piso de la planta baja, que su pizarra defectuosa se había quedado marcando el piso más alto...

Imágenes que pasan a la velocidad de la luz, como una cinta cinematográfica supersónica proyectada en la pantalla de tu vida.

Eso debe ser la bahía de Matanzas, veo el contraste blanco y azul de la península de Hicacos naciéndole como un brazo largo de playa que se adentra suavemente en el mar. Es Varadero. De este lado una línea gris corta el verdor de los campos, no puede ser otra cosa que la Carretera Central. Vamos en sentido opuesto al viaje en el Cadillac. Me gustaría saber si aquella ciudad es Santa Clara, pero mamá está ensimismada leyendo una revista en inglés que le han prestado los jamaiquinos. De todas formas esta isla es tan pequeña que no me hubiera dado tiempo a mostrársela. Quitas la vista y cuando vuelves a mirar ha desaparecido lo que hace poco mirabas. Aquella sí debe ser Cienfuegos, La Perla del Sur. La anterior no podía ser entonces Santa Clara pues volamos de oeste a este. Poco importa.

El piloto anuncia que será necesario que hagamos una escala técnica. Los pasajeros se miran atónitos. No es una buena noticia. Si alguien estaba añorando sus mejores recuerdos, este anuncio lo devolverá a la realidad, a las mil y una motivaciones de este viaje.

Intento combatir el malestar que me provoca el anuncio. A mi derecha, las faldas del Escambray. Lo que parece un lago es la presa del Hanabanilla, lograron hacerla a costa de la destrucción de la mayor cascada de la isla. Me veo de diez años recorriéndola en un yate con mamá y uno de esos hombres que estuvieron cortejándola después, me veo con ellos entrando en una cueva repleta de murciélagos, o mirando desde la habitación del hotel cómo, al amanecer, las nubes se tragaban las montañas. Ojalá esta escala no ponga fin al viaje. Si antes éramos pobres ahora sí que no nos queda nada.

Aquí todo se descompone a mitad de camino. Así pasó con el Cadillac cuando nos desviamos para dejar a Portento en su pueblo. No hubo manera de que el motor quisiera arrancar de nuevo. Mamá no se atrevió a decir que ella conocía el auto como la palma de su mano por miedo a que el chofer atara cabos y se diera cuenta de quién era ella y por qué huía. Ya había intentado en varias ocasiones sonsacarla, conocer el motivo exacto de nuestro viaje, y apenas el trompetista se bajó cuando llegamos a Holguín volvió a preguntar si el padre de la criatura nos estaba esperando en La Habana. Más tarde, a la salida de Las Tunas, dijo que le parecía conocida la cara de mamá. «Su acento no es oriental, señora. Tal vez conozco a su marido porque como me dedico a llevar pasaje a todas partes he sentado en este carro a medio pueblo.» Por suerte mamá nunca quiso participar en las operaciones de la venta del auto y aunque hubiese deseado hacerlo, una mujer no trataba de esos asuntos con hombres. Mamá se hizo la sueca, respondió que su marido formaba parte entonces de la otra mitad que no se había sentado nunca en el carro porque en realidad no era del pueblo, sino que estaba allá trabajando de temporero en el central Nicaragua, en Macabí. Como ingeniero agrónomo, usted sabe. A lo mejor lo conoce. Se llama Raúl. Y el tipo se quedó tratando de recordarlo, y aunque yo fingía estar dormido lo observaba desde mi asiento y pude distinguir, a pesar de la oscuridad de la cabina, que ponía cara de dudas.

Portento, al ver que la máquina se había averiado justo delante de la casa de sus parientas nos propuso que pernoctáramos allí, pues había suficiente espacio, al amanecer trataría de dar con el mecánico que nos arreglaría la avería. «¡Y roguemos por que ese holgazán no se haya ido de pesquería a los cayos, pues en la época en que yo viví en el pueblo costaba Dios y ayuda dar con él!», dijo. Yo creo que Portento pedía el agua por señas. Lo mismo estaba dispuesta a acostarse con el negro Kindelán, a quien prodigó sonrisitas y tonitos melosos que no fructificaron, que con el energúmeno del chofer. No nos quedó otra que aceptar. Entre dormir en la cabina del auto o hacerlo en una cama bajo techo, no teniendo otra alternativa que esperar la milagrosa aparición del mecánico, la proposición de nuestra compañera de viaje era lo más razonable.

Siempre pasaba lo mismo. Daba igual tren, ómnibus o lo que fuera. Aquí todo se descompone. Si es tren, no falla que se rompa a la mitad del viaje, casi siempre en un sitio inhóspito, de preferencia con campos de cañas a ambos lados de los rieles. Si nos movemos en coche terminamos ayudando al chofer a repararlo o a empujarlo con tal de continuar el viaje. Ni maldición ni nada, dice mamá cuando comento que nos persigue la de las averías. Donde nadie cuida nada porque nada es de nadie, donde el primero que venga mete la mano sin saber qué está haciendo, es lógico que todo se rompa sólo de mirarlo.

Llevamos turistas a bordo, dijo una azafata. No podemos darnos el lujo de incomodarlos. Creo que a los únicos que podía importarles que el aire funcionara era a los jamaiquinos. El resto, con tal de llegar al destino, se sentía capaz de viajar en una caldera al fuego vivo.

Trinidad, la Ciudad Dormida. De esa no tengo la menor duda. La rodea el Valle de los Ingenios, un gigantesco cañamelar. La única torre visible, la de los Iznaga. Torre centinela que vigilaba los fuegos, y también a los negros cimarrones. Todo verde. Se distinguen incluso los bohíos, así como las guardarrayas entre lotes de cultivos. La mujer que está sentada del otro lado del pasillo, en la misma fila que nosotros, debe ser de allí. Se seca las lágrimas en lo que le indica algo al hombre sentado a su lado, su hermano a juzgar por lo mucho que se parecen.

Ya sobrevolamos el pleniplano de Florida-Camagüey. De ahí venía la fortuna de los abuelos de mamá. *Vertientes, Camagüey, Florida y Morón.* Es el estribillo de una de las canciones más famosas de Benny Moré, pueblos de esa región que no pude conocer. Nos vamos de esta isla sin conocerla realmente. No nos han dicho en qué sitio aterrizaremos, sólo que abrochemos nuestros cinturones pues comenzará dentro de poco el descenso.

Mamá cerró el *New Times.* Se lo devolvió a los jamaiquinos. «*I have forgotten all my English. I haven't read something interesting for so many years*», les dijo no sin cierta modestia. ¿Será de las que se olvidan del español en cuanto ponen los pies en Norteamérica? La teoría de Jota Uve es que el país se fue a la mierda porque nadie supo defenderlo. Y si no lo defendieron fue porque no les interesó nunca su historia. Aquí se venía a hacer dinero y una vez los bolsillos llenos mandaban a los hijos a estudiar a París o a Estados Unidos. Esa fue nuestra burguesía, despreciando siempre todo lo que venía de dentro, dando el culo por cualquier mierda fabricada fuera, prefiriendo viajar a Londres antes de hacerlo a lo largo y ancho de la isla. Desapego que pagarían caro, que nos harían pagar muy caro. Cuando no se le da valor a lo suyo, cuando no se le quiere, cuida y defiende, cualquiera que se lo proponga logra arrebatártelo. Fueron pocos los que pudiendo se interesaron en el alma de esta tierra, en la sustancia vital que corre desde antaño por debajo de las apariencias, por lo más profundo de sus entrañas. Jota Uve tiene razón en todo eso. Él sabe de qué habla, en su familia hubo grandes pensadores, de los pocos que dejaron semillitas en el espíritu pragmático y obtuso de la gente de aquí.

Los jamaiquinos parecían buena gente, pero se les agradecía que no levantaran mucho el brazo. Quedaron separados por el pasillo, de modo que en nuestra ala sólo estaba la mujer. Le recordé discretamente a mamá aquella escena de Lezama en *Paradiso* en que un policía de tráfico levantaba el brazo para hacer las señales correspondientes a su función. Se hallaba en un cruce de calles de Montego Bay, y al levantarlo, el grajo depositado en sus axilas viajó, como una nube de insectos, hasta el sobaco izquierdo del doctor danés, Copek creo se llamaba, impregnándose de tal modo en su piel que ni con fricciones ni con todos

244

los perfumes del mundo pudieron sacarle aquel olor de los poros. Olor a hiena enjaulada, dijo mamá. Más o menos como estos. Regresaban de un congreso sobre enfermedades tropicales y se admiraron de lo bien que hablábamos inglés, ¡cosa rara en su país!, exclamaron. Con decir que al traductor del congreso no le habían entendido ni media palabra. Lo menos que se imaginaban es que el avión iba repleto de gente cuyo pasaporte tenía estampado un cuño que decía: «salida definitiva». Ni lo sabían, y aunque lo supieran, nunca entenderían lo que realmente significaba eso.

—*Do you travel through Santo Domingo like a tourist?*

Qué ilusos. Estos son los tontos útiles que los demagogos del mundo utilizan para sacarle brillo a sus botas. Otros de los que han venido a visitarnos y se van sin entender nada, creyendo en cantos de sirenas. Con tal de que no levanten el brazo pueden creer lo que quieran.

No me dio tiempo a tratar de distinguir el poblado de Guaracabulla que, como dijo Portento, era el centro exacto de la isla. Me hubiera gustado verlo. No creo que hubiera sido fácil diferenciarlo de los restantes pueblos, pero creérmelo sí. En aquella ocasión, después de quedarnos en su casa, cuando el mecánico apareció y pudimos continuar viaje hacia La Habana, el chofer nos confesó que acababa de encontrar a la mujer de su vida. Un auténtico portento. De modo que, en cuanto los deje a ustedes en La Habana, paso a recogerla y me la llevo de vuelta a vivir conmigo. Ya no tendrá necesidad de seguir como acomodadora del cine, ni de aguantar que los hombres le toquen las nalgas cuando pasa entre las filas con la linterna. De todo eso parecía muy orgulloso el chofer, hasta me pellizcó los cachetes al despedirnos y, en broma, me acomodó el cerquillo como lo estuvo haciendo antes su futura esposa. La verdad que a Portento le iba bien el nombrete que le puse. ¡Quién iba a decir que ese cromañónico se reconciliaría conmigo!

—¡Qué calor! —dijo la señora que supuse de Trinidad, moviendo las manos como si se echara aire.

—Ni protestes, Magda, que estamos todavía en veremos —le aconseja el que parece su hermano.

Los jamaiquinos no se enteraban de nada, sonríen bobalicones asintiendo. Sí, sí, mucha calor, mucha. Eso decían.

No había tenido tiempo de fijarme en los restantes pasajeros. Alcanzaba a ver al menos los de dos filas después de la nuestra. La mayoría ni chistaba. A lo mejor los jamaiquinos eran agentes de la Seguridad, instruidos como sólo ellos saben hacerlo, tan bien que aunque no fueran extranjeros nadie lo dudaría. Alguien se atrevió a protestar por la falta de aire acondicionado. La protesta halló ecos porque al menos unos seis pasajeros a quienes las gotas de sudor corrían por sus frentes manifestaron su descontento. Nos han tratado como animales toda la vida, y pretenden darnos el mismo trato hasta el último minuto, dijo airado un joven que por lo visto no temía que lo bajaran en la escala. Muchacho, no toques esa tecla, tranquilo, que no vas a llegar, consejo de una cincuentona que se había hecho un permanente y viajaba sentada en un asiento detrás de nuestra fila.

La azafata debió decirle al piloto que estábamos a punto de desfallecer porque al poco tiempo anunció que se disculpaba. La escala técnica, dijo, se debe justamente a que el sistema de ventilación del avión no responde. Con tal de que el mecánico no se haya ido también de pesquería, le dije a mamá que a esta altura tenía cara de mártir, como cada vez que creía toda esperanza perdida.

La Garcilasa me había dado una cartita recomendándome leerla solamente cuando ya no hubiera posibilidad alguna de volver, o sea, cuando estuviésemos en el espacio aéreo internacional. El sobre me quemaba los dedos desde que subimos al avión.

*Ya debes estar del otro lado. (Ojalá, me dije.) Fui yo quien escribió el anónimo. Sólo por eso, porque necesitaba que me perdonaras, me empeñé en encontrar la forma de llevarlos al aeropuerto. Sólo quería que antes de viajar probaras el amor en mí. Ilusa yo que creí que obligándote a hacerme tuya ibas a cambiar de idea. Ilusa yo que creí que devolviéndote el calor de la Sombra, que compartiendo mis deseos con los dos, ibas a renunciar al proyecto de abandonarnos, de dejarnos a los dos en estas calles, testigos de todas esas cosas nuestras que no necesitas te recuerde. Las calles de nuestra juventud, a las que renuncias alejándote quién sabe si para siempre. Sólo un pedido: que me disculpes. Y sólo un consejo: no vuelvas. Nada será más nunca para ti como lo fue hasta este día. Si regresas, mirarás con amargura lo que dejaste. Ya verás cómo hacer para enterrar definitivamente esos recuerdos que con el tiempo irán palideciendo sin dejar rastro. No me desoigas, sabes que la Garcilasa no necesita volar a ningún sitio para saberlo todo. Yéndote cumples un viejo anhelo. No habrá modo de hacerte entender que la vida está más allá de todo, incluso de la sociedad en que vivimos, de los gobernantes, de las leyes, por asfixiantes que parezcan. Que la libertad la lleva uno dentro. Un día me dirás si me equivoco. Por ahora, buen viaje. Y alégrale un poco el alma a tu madre que lo necesita. Sólo por eso es que vale la pena el sacrificio. Velaré por que no dejen que se sequen las plantas del jardín, por que tu nombre no desaparezca de los labios de todos los que desde ya te extrañamos. La Garci de siempre.*

Los campanarios de Camagüey. Creo que no aterrizaremos en la Ciudad de los Tinajones. La conozco poco, creo que aquel es el campanario de la iglesia de La Soledad. Allí bautizaron a la abuela Carlota, la que no conocí. «En la esquina de República y San José pasé mis vacaciones de infancia», murmuró mamá que miraba como yo por la ventanilla. «En el patio había una cochera donde se guardaban los trastos de cinco generaciones, desde que el primero de la familia mandó construir la casa. Los objetos antiguos se volvían inútiles con el tiempo pero nunca se deshacían de ellos.» «En esa cochera, continuó mamá, había hasta muñecas con las que habían jugado mis abuelas. Ninguna de las compradas en las jugueterías modernas podía igualarlas en belleza. Eran tan perfectas, tan parecidas a una niña de carne y hueso, que daban miedo. ¿Qué habrá sido de todo eso? ¿Quién se habrá quedado con la casa? ¿A dónde habrán ido a parar todos esos siglos de objetos? La última vez que estuve allí fue en 1957, hace más de veinte años.» Y quitó la vista como si renunciara a nuevos recuerdos.

El río Cauto. Dicen que el más grande y caudaloso de la isla. No me parece gran cosa. En otros tiempos fue navegable. Servía para comunicar la villa de Bayamo con el mar. Así lo recuerda la primera obra escrita en la isla, *Espejo de paciencia*. Pero hasta eso resulta un espejismo porque se ha llegado a dudar de su autenticidad, se pretende incluso que fue una invención de los abolicionistas deseosos de ganar adeptos en su combate contra la esclavitud. Por eso en ese gran poema épico un negro esclavo salva a un obispo que había sido secuestrado por un pirata francés.

El piloto anuncia que no había técnicos disponibles en el aeropuerto de Camagüey, que por esa razón nos dirigíamos al de Holguín. Se disculpó por los inconvenientes, recordó que el primero de mayo era una fecha especial en que toda la masa obrera del país, la campesina, las amas de casa, todos, se encontraban, a estas horas, regresando a sus casas después de haber cumplido con el deber sagrado de la marcha.

¡Holguín! Me ericé de pies a cabeza. No quise ni mirar a mamá. Nuestro punto de partida. La ciudad cabecera de la provincia de la que dependía el pueblo de mis primeros años. Si pidieran que buscase signos en ello no serían de buen agüero los que vería.

Volver al sitio borrado del mapa. ¡Qué burla cruel! Sobre todo para mamá, que había luchado todo este tiempo contra los fantasmas del pasado, contra el error que la llevara por caminos de los que le costó mucho regresar.

Holguín útero de nuestra historia, cabecera provincial del pueblo de Banes. La espiral sin fin. Bienvenido al kilómetro cero, los extremos se tocan, no eres nadie para evitarlo, la materia se deshace y al hacerlo vuelve al estado que la originó: la nada.

Mamá me agarra el brazo, acabamos de ver las dos chimeneas de un central azucarero que nos resulta familiar. Como el avión ha ido perdiendo altura leemos perfectamente las letras que en negro sobre blanco anuncian su nombre: NICARAGUA. Los jamaiquinos no han entendido nada, creen que estamos aterrizando en ese país de Centroamérica. Nadie tiene cabeza para explicarles. Es el antiguo ingenio de la United Fruit Company, de cuya riqueza nació el pueblo. Sus campos de azúcar dieron origen a la familia, y de comer a los abuelos y a sus hermanos. Ahí está el coloso, a orillas de esa misma bahía cuyas aguas recorren el canal del Cañón hasta la playa de Morales.

Mamá está lívida. El avión aterriza al cabo de unos minutos que me parecen segundos. La silla de Gibara a lo lejos. La loma de la Cruz, al acercarnos a la ciudad, del otro lado de la pista desierta.

«Escala técnica, tiempo indefinido», dice una voz mecánica. La del piloto me parecía hasta cálida comparada con la grabación.

Han puesto música que sale por los altoparlantes. Es la *Tocatta y fuga en Re menor*. La reconozco. Estaba en la colección de viniles de Bach que había en casa.

Vuelvo a mirar hacia la pista. Se acerca una camioneta que lleva a un costado un letrero: MECÁNICO. Se estaciona debajo del ala. El chofer sale del vehículo. Es un negro. Trato de verle la cara, me resultan familiares sus gestos.

No me he equivocado, lo he reconocido. Es Kindelán, el de la corneta china, el de la trompeta, rastrero, especialista en prú, mecánico del aeropuerto. ¡Cómo pude haberlo olvidado! ¿Por qué lo borré también a él de mis recuerdos?

Estamos salvados. Es cierto que tenemos un problema técnico. De lo contrario, Kindelán no estaría al pie del avión revisando el ala. Quiero decírselo a mamá, eso la calmará, la suerte estará de nuestro lado.

¡Es él, el hombre de la trompeta, el que nos toca las fugas de Bach en cada huida! No nos falló antes, tampoco nos fallará ahora. Se lo repito. Tengo la impresión de que no me oye. Lo intento de nuevo. Me volteo. La miro. Mejor la dejo. Tiene los ojos cerrados. Debe estar muy cansada.

TWIN RIVERS BRANCH